T0270356

Monstruos

Otros libros del autor en Duomo:
El jardinero del Rey

Frédéric Richaud

Monstruos

Traducción de Juan Ramón Azaola

Duomo ediciones

Barcelona, 2024

Título original: *Monstres*

© 2024, Frédéric Richaud, previo acuerdo con Timsit & Son,
Scouting and Literary Agency
© de la traducción, 2024 de Juan Ramón Azaola Rodríguez-Espina
© de esta edición, 2024 por Antonio Vallardi Editore S.u.r.l., Milán
Todos los derechos reservados

Primera edición: enero de 2024

Duomo ediciones es un sello de Antonio Vallardi Editore S.u.r.l.
Av. de la Riera de Cassoles, 20, 3.º B. Barcelona, 08012 (España)
www.duomoediciones.com

Gruppo Editoriale Mauri Spagnol S.p.A.
www.maurispagnol.it

ISBN: 978-84-19521-45-3
Código IBIC: FA
DL: B 18.963-2023

Diseño de interiores:
Agustí Estruga

Composición:
Grafime. S. L.

Impresión:
Grafica Veneta S.p.A. di Trebaseleghe (PD)
Impreso en Italia

Cada uno ve lo que pareces ser,
pocos comprenden lo que eres realmente.

Nicolás Maquiavelo, *El Príncipe*

I

Para el viajero que, en 1655, descubría París desde lo alto de la colina de Montmartre, la ciudad se asemejaba a un vasto mar de tejados plateados en medio de los cuales emergían, por algunos lugares, el mástil puntiagudo de una iglesia o las torres cuadradas de una catedral. Y, ciertamente, era un espectáculo maravilloso el de esa extensión que iba a perderse al fondo del horizonte y del que ascendía, como una canción, un continuo rumor de campanas, de relinchos y de gritos.

Pero tan pronto como el viajero hubiera bajado rápidamente por alguno de los caminos salpicados de arbustos que serpenteaban hasta la ciudad, la belleza se daba por terminada. No siempre es bueno introducirse en el reverso de las cosas. Pues bajo aquel inmenso tapiz de pizarra, al pie de aquellas grandes torres donde Dios velaba por el destino de cuatrocientas mil de sus criaturas, se escondía un mundo de una fealdad repulsiva. No solo no había una sola calle, ni una sola casa, ni una sola plaza que no conservara los estigmas de la Fronda, que, algunos años antes, había estado a punto de llevar al país a la ruina, sino que tampoco había nada que no estuviera roído por la miseria y la mugre. Todo era gris, sucio, angosto, disparatado. Las enfermedades se revolcaban allí dentro como cerdos en el estiércol; pasaban del mendigo al obrero, del obrero al cura, del cura al burgués, hacían que se hincharan los vientres, que se cayeran los dientes, que se hundieran órbitas y mejillas, que se atrofiaran los miembros, que se colmaran los cementerios.

A este cuadro miserable se agregaban unos olores pestilentes. Además de amontonar las basuras en cada rincón de cada calle, de vender coles o carnes descompuestas, además de que sus bocas apestaran y de que bajo sus brazos oliera a chivo, los parisinos y las parisinas, a falta de letrinas, orinaban y defecaban donde les parecía bien (aunque existían ciertos lugares más apreciados que otros: eran varios cientos, por ejemplo, a los que podía verse cada mañana bajo los tejos del paseo de las Tullerías desocupando sus intestinos de la mala cena que habían engullido la víspera). Todos los días, los basureros evacuaban hacia los suburbios cerca de veinte mil celemines de mierda.

En esta cloaca a cielo abierto, el viento no depuraba nada. Penando por encontrar su camino a través de las callejuelas, chocando contra las murallas, por lo general daba vueltas como un viejo perro en su jaula.

Si el viajero llegaba hasta el Sena, el cuadro era aún peor: las fangosas orillas no solo eran el refugio de curtidores, de mercachifles y de prostitutas, sino que allí se almacenaban todas las inmundicias que la ciudad no había podido digerir; había fruta podrida, esqueletos de animales, cajas desarmadas, montones de estiércol o de paja mohosa. En cuanto al río mismo, servía de gigantesca alcantarilla en la que a menudo flotaban, en medio de excrementos y otros detritus, cadáveres de adultos o de niños, teñidos por manchas verduzcas y con el vientre hinchado.

Pero si el viajero traspasaba las puertas del Louvre, la fealdad, como por arte de magia, desaparecía. La belleza, dice el filósofo, es la armonía —que, como es sabido, viene del griego *harmozo*, que significa «aunar, coincidir, adaptar, ensamblar»—. De hecho, en este palacio todo se aunaba, coincidía, se adaptaba y se ensamblaba de maravilla: la relación entre la longitud y la altura de los edificios, el número y el tamaño de las ventanas en las fachadas, las columnas de mármol acanaladas y los frontones dóricos, la circunferencia de los estanques y la altura de sus chorros de agua. Poco importa que, aquí y allá, hubiera instalados andamios, sobre los cuales se agitaban obreros cubiertos de yeso: en el corazón de París, este palacio hacía pensar, en el mejor de los casos, en una perla dentro de una ostra; en el peor, en un bote de salvamento en medio de un naufragio.

La armonía no consistía únicamente en los edificios: en esta gran caja de formas tan puras vivían hombres y mujeres tan distinguidos, tan bien vestidos, que se habría dicho que el arquitecto del lugar los había diseñado al mismo tiempo que sus planos. Al oro de los techos respondía el de los aderezos; al terciopelo de los cortinajes, la seda bordada de los corsés; al marfil de los mármoles, la nacarada blancura de los rostros. En el aire, fuelles y pastillas de quemar ocultaban las pestilencias al difundir aromas de almizcle, de algalia y de pachulí.

Y si el viajero llegaba justo a la hora del paseo de la familia real, el cuadro rozaba lo sublime. Todas las mañanas, después de la misa, el rey y sus allegados recorrían por entero, a paso lento, su reino de mármol. Era un espectáculo extraordinario el ver pasar ante uno aquello que la sociedad tenía de más noble, más refinado, más instruido, mejor vestido, mejor alimentado, mejor cuidado.

Ved cómo el rey avanza, rodeado de sus guardias de corps vestidos de azul, con casaca, calzones y medias rojas; observad sus ondulados cabellos rubios que le caen sobre los hombros; su camisola de holanda bordada de oro y plata, sus medias de seda rosa y sus zapatos de satén verde. Ved también cómo su rostro no ha conservado casi ningún rastro de la viruela que le afectó cuando tenía ocho años, y cómo su paso es ligero, tan ligero que se diría propio de un bailarín. Ved igualmente su porte altanero, desde sus solamente dieciséis años, y cómo mira sin emoción a todos los que se inclinan ante él.

Admirad ahora el vestido salpicado de pedrería que lleva su prima, la joven y bonita Ana María Luisa de Orléans. Y ved a continuación al severo Mazarino envuelto en su gran túnica de terciopelo rojo, que conversa con Ana de Austria, la reina madre, vestida toda ella de terciopelo azul y armiño.

Sin duda, después de su horripilante travesía de París, el viajero habría tenido la impresión de haber entrado en el paraíso si no fuera porque de pronto un detalle le habría llamado la atención: a la cola de esta admirable comitiva, rodeada por una docena de doncellas de cámara con bonetes y corpiños de fernandina, marchaba una mujer tan fea, tan deforme, que podría decirse que acababa de salir del taller del diablo. Quedaban olvidados los bellos rostros, olvidadas las pecheras de franela y los aderezos de diamantes, olvidados los estucos y los corredores de mármol. No quedaba sino aquella frente inmensa sobre la que colgaban gruesos mechones de pelo negro, aquellos ojos saltones, de los cuales el izquierdo no veía ya nada, aquella nariz oblonga y torcida, aquellos hombros hundidos y aquellos andares claudicantes.

Entonces el viajero habría balbucido:

—¿Quién es esa?

Y, frente a él, una marquesa habría murmurado:

—Es Cateau...

—¿Quién?

—La lavandera del trasero de la reina.

Pero el viajero no habría podido saber más. Pues la marquesa se habría vuelto hacia él y, al descubrir sus zapatos enlodados y su abrigo cubierto de polvo, se habría alejado tapándose la nariz.

II

Es una lástima que el viajero no hubiera pensado en hacerse cepillar el traje y en empolvarse las mejillas antes de penetrar en el Louvre. Los pocos minutos perdidos en arreglar su aspecto le habrían permitido aprender algunas cosas curiosas a propósito de la tal Cateau.

La marquesa le habría dicho, en primer lugar, que su verdadero nombre era Catherine Beauvais; en segundo lugar, que había entrado al servicio de la reina dos años antes sin que nunca se hubiera sabido bien cómo, ni gracias a quién, y, en tercer lugar, que aquella anciana inmunda ni siquiera tenía treinta años.

Y si hubiera querido saber más sobre ella (y hubiera llegado un sábado), tal vez la marquesa le habría conducido, esa misma noche, a casa de Madeleine de Scudéry, en la Rue de Beauce, que recibía allí a algunas de las cabezas más brillantes del reino.

Allí, en un encantador palacete rebosante de tapicerías de Aubusson y de estatuas de alabastro, Paul Pellisson, el secretario del rey, vestido con un bonito frac de terciopelo verde con ribete plateado, le habría dicho que nadie, en la Corte, hablaba nunca con ella; Valentin Conrart, el promotor de la Academia francesa, con un gesto de terror en los ojos bajo sus párpados maquillados, le habría contado que, de noche, salía normalmente a bailar el aquelarre con las brujas del cementerio de los Inocentes; y la joven y encantadora Madame de Sévigné, viniendo a sentarse cerca de él con un ligero frufrú de seda de las Indias, le habría explicado por qué Mazarino, un día de abril de 1654, la había expulsado de la Corte.

Esas son las cosas que unos pocos polvos y un buen cepillado le habrían permitido aprender. Por no haber sabido aparentar, volverá a su casa sin poder poner más que la mitad de un nombre a aquella mitad de mujer. Durante mucho tiempo conservará el desagradable recuerdo de aquel personaje extraordinario. Y si tiene una esposa y unos hijos que le hacen preguntas sobre lo que ha visto en París y en el Louvre, le escucharán, no sin pavor, contar con detalle su extraordinario periplo por el país de la belleza y la fealdad reunidas.

Pero que el viajero no se entristezca demasiado. Incluso si se hubiera ganado la amistad de la marquesa, si hubiera sido invitado a la Rue de Beauce, lo esencial, por lo que concierne a Cateau, se le habría escapado. Pues todo lo que aquella gente ignoraba, o no quería saber, es que detrás de aquel cuerpo inverosímil se escondía un alma inteligente y sensible, que la vida y los hombres, desde que ella naciera, se habían complacido en no tener en cuenta.

III

Cuando Catherine-Henriette Bellier nació, en la Rue Saint-Honoré, el 16 de agosto de 1630, como hija de Michel Bellier, comerciante de telas y proveedor oficial de la Corte, y de Marie Bellier, nacida Chesnault, y sin empleo, la primera idea que cruzó la mente de su padre fue la de meterla en un saco, coserlo y arrojarlo al Sena.

No es que estuviera desolado por haber tenido una hija, sino porque nunca, salvo en ciertas regiones de Francia donde los hombres se aparean con las bestias, se había visto un recién nacido tan feo.

Faltó muy poco, por tanto, para que Catherine no fuera, con su cordón bajo el brazo, a reunirse con las inmundicias que los parisienses arrojaban al río.

La razón por la que sobrevivió no está clara. Para algunos, fueron las súplicas de Marie, la madre, contrariada por ver desaparecer brutalmente aquella cosa que había tardado nueve meses en construir, las que la salvaron. Para otros, le debió su vida a la intervención del cirujano partero, que en el momento en que Michel Bellier se alejaba con su carga al hombro, le explicó que habría científicos que estarían dispuestos a pagar bien por poder examinar a aquella extraña criatura.

Lo que es seguro, en cambio, es que el reverendo padre Ginout, presente durante el momento del parto, no contribuyó gran cosa, ya que al ver en ella a una criatura del diablo, sugirió que se la quemara.

Así pues, Catherine sobrevivió, pero no para felicidad de los científicos, quienes, entre la peste, la viruela, el tifus, la disentería, las afecciones pulmonares y otras «fiebres malignas» de sus contemporáneos, tenían otras cosas que hacer, sino de toda la chiquillería de la que se ocupaba una tal Rosalie Mallard, una nodriza que vivía en un desván mugriento no lejos del Louvre y que, mientras le pagaran, colgaba de sus enormes pechos a toda suerte de pequeños pensionistas.

Los niños son unos monstruos. Tres años después de ser acogida por Mallard, Catherine se había convertido en el blanco de las burlas de todos los de la casa. Se trataba de ver quién le tiraba del pelo con más fuerza, quién le ponía más zancadillas en la escalera, quién la hacía llorar durante más tiempo. El juego era tanto más divertido cuanto que la Mallard no decía nada, o muy poco, y que «la cosa», como se había adquirido la costumbre de nombrar a Catherine, se despertaba todas las mañanas mostrando una horrible mueca. ¿Cómo habrían podido saber aquellos rapaces que aquel rictus era una sonrisa destinada a ganar su clemencia? ¿Y cómo hubiera podido saber la pobre Catherine que su sonrisa, además de dividirle la cara en dos, hacía que le surgieran tal maraña de arrugas en torno a los ojos y sobre la frente que se hubiera dicho que era una anciana encerrada en el cuerpo de una niña?

Cuando su padre iba a verla (lo que era raro) y la encontraba con la ropa desgarrada y los brazos y las piernas cubiertos de hematomas, se encolerizaba, pero no eran los torturadores de su hija los destinatarios de su ira, ni tampoco la Mallard, que les había dejado hacer, sino aquel cirujano partero que, un día de agosto de 1630, le había hecho ahorrarse el precio de un saco de yute.

La palabra le llegó bastante tarde. Aquel silencio, que no se sabía si era debido a un impedimento de la acción de la lengua o a la estolidez, se añadía a la desesperanza de sus padres y a la burla de sus camaradas.

Sin duda, Michel y Marie Bellier habrían sido felices al saber que su hija no era muda si las primeras palabras que pronunció, a la edad de cinco años, no hubieran sido «¡Puto Dios!», que había aprendido de Monsieur Brunet, el carnicero, quien, de vez en cuando, iba a colgarse, él también, de las ubres de la Mallard a cambio de algunas lonchas de tocino. Esa blasfemia se le escapó en el momento preciso en el que Jean-Baptiste Dupuy, uno de sus pequeños compañeros de juego, le hundió un agudo bastón en un ojo (juró no haberlo hecho a propósito). Y quizá habría añadido otra formidable blasfemia si de repente no se hubiera desmayado sobre un charco de sangre.

Durante semanas, Michel y Marie Bellier se relevaron en la iglesia de Saint-Eustache para suplicar a Dios que dejara morir a su hija.

Pero el milagro no se produjo. Y durante mucho tiempo se preguntaron qué falta habían podido cometer para merecer aquello.

IV

Si Catherine sobrevivió a aquella terrible herida que la dejó tuerta para el resto de sus días, no es menos cierto que quedó excluida, una vez restablecida, de la guarida de la Mallard, a petición de las madres que, habiéndose enterado de su blasfemia, se negaron a que sus querubines continuasen frecuentando a aquella deforme criatura en la que el diablo había escogido su domicilio.

Así es como, a la edad de seis años y cinco meses, a la espera de que tuviera la edad de poder ser enterrada viva en un convento, Catherine fue confiada a su abuela paterna: Geneviève Bellier, nacida Robert, la cual, en su juventud, se había ocupado de prepararle la papilla y de cambiarle los pañales al pequeño Luis XIII. La historia decía que este la confundía a veces con su madre. El caso es que ella mantuvo con él, hasta su muerte prematura, un vínculo inquebrantable.

Su familia la apodaba *Miraculos* en razón de su gusto desmesurado por las lavativas. Las lavativas, o enemas, creía Geneviève, al igual que la mayoría de sus contemporáneos, lo curaban todo: los vahídos, las fiebres, los humores, los dolores de

cabeza, los reumatismos y, por supuesto, los excesos alimenti-
cios. Pues a sus más de setenta y cinco años, Geneviève Bellier,
a pesar de tener un estómago de capa caída, seguía volviéndose loca por las pulardas, el vino de Alsacia y los pasteles de
crema, que hacían sus delicias cuando trabajaba en la Corte.
Esa alimentación tan abundante y tan rica que engullía casi
cotidianamente «en recuerdo de los buenos viejos tiempos»,
además de hacerle coger peso, le provocaba dolorosas hincha-
zones del vientre y gases fétidos que solo aplacaba «la escopeta
mágica», como a Geneviève le gustaba llamar a la jeringa, llena
de su correspondiente poción, que Françoise, su sirvienta, le
hundía por el trasero dos veces al día.

Geneviève Bellier no dejaba que nadie se ocupara de preparar
sus líquidos. Ella los elaboraba meticulosamente en un cuchitril
sin ventana que había dispuesto al fondo de su mansión de la
Rue Hautefeuille. Allí, a la temblorosa luz de las velas y con las
antiparras sobre la nariz, sumergida en aquella biblia relajan-
te que era *La Farmacopea general* de Nicolas Pernelle, ponía a
hervir en grandes cacerolas toda suerte de pociones para aliviar
sus calambres de estómago y reducir sus olorosas flatulencias:
  • Enema carminativo, «indicado para soltar y purgar las fle-
mas, los gases y otros humores groseros del bajo vientre, a base
de hojas de malva, parietaria, mercurial y orégano».
  • Enema histérico, «indicado para calmar y reducir los vahídos, a base de artemisa, hojas de malva y matricaria».
  • Enema detergente, «indicado para purgas que detengan los
procesos diarreicos, a base de miel rosada y yema de huevo».
  • Enema contra el dolor nefrítico, «indicado para abrir los
conductos de la orina, para curar los cólicos nefríticos y ven-
tosos, a base de flores de hipérico y vara de oro».

Para aquella vieja sola y enferma, la llegada de Catherine fue, a primera vista, todo menos un plato de gusto: no contenta con asustar a Françoise, aquel «horrible monito», como esta la denominó de inmediato, chapoteaba en su plato (que nunca acababa), huía al acercarse a ella, decía unas palabrotas espantosas y, por la noche, despertaba a todos con sus llantos.

Y tal vez Geneviève hubiera acabado por devolverla a sus propietarios o por venderla a cualquier exhibidor de monstruos si, una noche de tormenta, Catherine no hubiera entrado en su habitación y, deslizándose bajo las sábanas, no hubiera ido a acurrucarse contra ella con sus piececitos helados.

V

Pero no hay por qué creer que todo se solucionó de golpe. Todavía durante bastante tiempo, Catherine siguió chapoteando en su sopa y profiriendo groserías. Pero esa noche de tormenta se abrió en el corazón de la vieja Bellier algo que ya no quiso cerrarse. Y cuando Françoise se quejaba de tener siempre que estar pendiente de, o de reparar lo hecho por, «ese monstruito» (y añadía: «En todos los sentidos del término»), la Bellier le daba unos golpecitos en la mano y le decía:

—Ya verás.

Y, efectivamente, lo vio.

Lentamente, con paciencia, Geneviève le enseñó a manejar una cuchara, a decir gracias cuando se le servía, a no volver a exclamar «¡Puto Dios!» cada vez que se hacía daño y a descifrar algunas palabras de *La Farmacopea general* de Nicolas Pernelle.

Le compró un par de bonitos vestidos, que la hacían parecer algo menos fea, y le explicó también que existía un Dios, en alguna parte, al otro lado del cielo, y que ese Dios la amaba, como a todas sus otras criaturas. Pero no estuvo muy segura de haber sido bien comprendida.

Y por eso, un domingo, después de haberle cubierto la cabeza con un chal, la llevó a la iglesia de Saint-Séverin para que asistiera a misa.

Por el camino le había explicado que la llevaba «a la casa del Buen Dios que ama a todo el mundo», que tendría que portarse muy bien y que sobre todo no se le ocurriera meterse los dedos en la nariz. Pero Catherine apenas la escuchó. Por esta sencilla razón: aquella ciudad, de la que sus padres, y luego la madre Mallard, siempre habían preferido mantenerla apartada, acababa de atraparla por completo. No sabía dónde poner el ojo, la nariz o los oídos. Aquí, unos mercaderes se injuriaban entre un agradable olor a pan fresco; allí, un perro pelado ladraba delante del puesto de un carnicero, unas gallinas cacareaban sobre un montón de paja gris, un caballo relinchaba entre los varales de su carreta, un señor gordo le daba unos céntimos a un pobre, una dama bien vestida, oculta por otra, se aliviaba en la esquina de una calle...

Ella hubiera querido ver todo, oler todo, oír todo, pero cada vez que ralentizaba el paso o quería detenerse, Geneviève la tiraba de la mano, «Démonos prisa, démonos prisa», pues las campanas de Saint-Séverin ya habían empezado a tocar.

Atravesaron a paso de carga algunas calles colmadas de personas y de aromas, bordearon un callejón tan estrecho que bastaba con extender el brazo para tocar sus paredes y, de pronto, como quien pasa la cabeza por un tragaluz, desembocaron ante la iglesia de la que se elevaba aquella gran algarabía de campanas.

Pero el asunto se detuvo ahí. Pues en el momento en que iban a entrar en la iglesia, Catherine levantó la cabeza para admirar al Cristo que dominaba la puerta central y el chal resbaló sobre sus hombros. De inmediato, los murmullos se alzaron a su alrededor:

—¿Habéis visto eso? ¡Ahí!

—¡Qué horror!

—¡Parece una gárgola!

Y el padre Plossu, que estaba recibiendo a los fieles en el umbral, también la había visto, y se había acordado de la historia que un día le había contado su cofrade, el difunto padre Ginout, sobre una niña de su parroquia que había nacido tan fea que estaba convencido de que había salido del taller del diablo.

Toda aquella gente, olvidando la atronadora llamada de las campanas, formaban ahora un corro alrededor de Catherine. Algunos estaban tan cerca que ella podía ver los pelos que les salían de la nariz y oler el hedor de sus bocas.

—No es aquí donde deberías estar, pequeña. ¡Es en la feria de monstruos de Saint-Germain!

—O en una casa de fieras.

—¡Oh! ¡Uy!

Era como una pesadilla de la que no se puede salir. Hasta que de pronto sintió como la tiraban del brazo: Geneviève se la llevaba lejos del gentío.

Este desagradable episodio tuvo por lo menos una utilidad: la de acercar todavía un poco más a abuela y nieta. Esa noche, Geneviève fue a sentarse al borde de la cama de Catherine y, para ayudarla a dormir, y al no saber otras historias, le contó lo que había sido su vida. Le describió los lugares en los que había vivido, la época en la que se ocupaba de cambiarle los pañales al rey: el palacio de Fontainebleau, que era como una gran casa de hadas perdida al fondo de un parque inmenso, y el de Saint-Germain-en-Laye, todo él cubierto de oro y de mármol, adonde la corte se había trasladado poco después del nacimiento del Delfín.

Le contó también cómo, todas las mañanas, frotaba el cuerpo del futuro Luis XIII con mantequilla y aceite de almendra dulce; o, también, cómo una noche, cuando él tenía dos años, escapó de la vigilancia de su gobernanta y fue a acostarse a su lado; tenía los piececitos muy fríos, y le dijo: «Huele bien en tu cama, Bella (es como él la llamaba, pues ponía apodos a todo el mundo); huele a polvo de violeta».

Poco después, el reloj del salón dio las diez. Y Geneviève miraba con ternura a la extraña nieta que la providencia le había dado.

—Más... Un poco más... —suplicaba Catherine.

—Es tarde. Mañana te seguiré contando.

La besó, apagó la vela, cerró la puerta y Catherine se durmió con el recuerdo de un beso en la frente y, en el alma, el de grandes casas cubiertas de oro, por las cuales corría un niño al que todo el mundo amaba.

VI

A veces, algún domingo, Michel y Marie Bellier iban de visita, con la sonrisa en los labios y un paquete de dulces bajo el brazo. Cada una de estas veces, temían que Geneviève quisiera devolverles a la niña. Y cada una de ellas, Geneviève temblaba ante la idea de que quisieran recuperarla.

—¿Qué tal está Catherine?

—Debe de estar arriba, en su habitación. Haré que la llamen.

Françoise subía.

Catherine nunca bajaba.

Y todos salían ganando.

Los progresos de Catherine no se detuvieron ahí. Era como si su inteligencia hubiera esperado a tener un nido y unas pocas caricias para eclosionar.

A los diez años sabía leer, escribir y contar.

A los trece años sacaba cada noche un libro nuevo de la gran biblioteca de Geneviève.

A los catorce años, al descubrir en el *Manual* de Epicteto que hay cosas en la vida contra las cuales es inútil luchar, renunció a hacer muecas delante del espejo para intentar volver a poner del derecho aquella cara que Dios le había puesto del revés.

A los quince años se apasionó por los juegos de cartas y, aprovechando su excepcional memoria, así como la extraña configuración de sus manos, hacía mejores trampas que Pimentel y Bassompierre, aquellos dos miserables que, durante el año 1608, birlaron al buen rey Enrique IV más de setecientos mil escudos.

A los dieciséis años Geneviève la inició en los misterios de los intestinos y de los enemas.

A los diecisiete años se sabía de memoria *La Farmacopea general* de Nicolas Pernelle.

A los dieciocho años, en 1649, mientras Francia se hundía en la Fronda a los gritos de «¡Abajo los impuestos! ¡Muera Mazarino!», ella ponía a punto toda suerte de líquidos que, si no hubieran estado reservados solamente para el trasero de su abuela, habrían hecho feliz, con mucha antelación, a la humanidad entera.

A los dieciocho años, también, al descubrir las obras de Corneille y los poemas de Ronsard, se preguntaba: «¿Por qué los autores no hablan nunca de los asuntos del vientre? ¿Por qué no se interesan por esa máquina formidable que, cuando se pone a funcionar mal, es capaz de derribar de su montura al más valiente de los caballeros y de transformar a la más inspiradora de las musas en un vulgar saco de mierda?».

A los diecinueve años le curaba a Françoise las úlceras varicosas, contra las cuales no existía entonces ningún tratamiento, y, estudiando las heces de Geneviève, preparó un muestrario que le permitía establecer diagnósticos de una precisión considerable: «Una sustancia muy verde indica sobreabundancia de bilis; el verde de Prusia es señal de anemia; el tornasolado refleja una debilidad del estómago; el beis arcilloso, una irritación del colon...».

A los veinte años había terminado de leer todos los libros

de la biblioteca y, con la nariz pegada al cristal del ojo de buey del granero, soñaba con la ciudad que se extendía a sus pies como la larva del mosquito encerrada en su huevo sueña con el sol. Y Geneviève, al percibir que quería irse, se inquietaba por el futuro de su nieta.

Esa fue la razón de que, una mañana de enero de 1651, la buena de Geneviève se pusiera su pañoleta y, apoyándose en su bastón, fuera al otro lado del Sena a encontrarse con Madame Saint-Roch, una antigua lavandera que, a cambio de algunos escudos, leía el futuro en una bola de cristal un poco sucia.

—Veo... —le dijo Madame Saint-Roch haciendo unos pases de mano por encima de su bola—. Veo... dinero..., mucho dinero...

—¡Ah! —dijo Geneviève, cuyo rostro se iluminó—. ¿Y qué más?

—Una carroza...

—¿Una carroza? Bien... ¿Qué más?

—Palacios... Atuendos suntuosos...

—¡Cada vez mejor! ¿Y luego?

—No estoy segura...

—¡Dígalo!

—Pues al parecer...

—¿Qué? ¿La gloria? ¿La Academia?

—No. Un marido.

VII

No fue la locura lo que llevó a Pierre Beauvais a casarse con Catherine el 23 de marzo de 1652. Ni ese gusto particular por las extravagancias que la naturaleza es capaz de producir. Este amigo del matrimonio Bellier, que tenía una pequeña tienda de tejidos no lejos de la Place des Vosges, creyó, al colocar el anillo en el dedo de Catherine, que Michel, en su condición de proveedor de la Corte, le ayudaría a franquear las puertas de las casas reales.

Al principio, todos se felicitaron por aquella unión (salvo la pobre Geneviève sobre la que volvió a caer la soledad como si fuera la tapa de un ataúd): los padres Bellier se alegraron de haber encontrado a un imbécil con el que casar a su hija; Catherine, de poder descubrir así el mundo, y Pierre Beauvais, de ver aumentar, día tras día, el número de sus clientes. No había pasado ni un par de semanas desde la boda, y muchos ya se agolpaban para admirar el extraordinario horror que había instalado detrás del mostrador. Y como a veces el desplazamiento se producía desde bastante lejos, aunque solo fuera por conservar un recuerdo de esa extraordinaria visita, se volvía a menudo con una pequeña bolsa de cintas o de encajes que más tarde se exhibían ante los amigos diciendo que procedían de «donde la monstruo».

Por supuesto, Catherine no ignoraba en absoluto los murmullos que se alzaban a su espalda. Por supuesto que sufría a causa
de ellos. Pero pensaba: «¿Acaso no es el precio que pagar para
estar por fin en el mundo?». Y después le bastaba con encerrarse en la trastienda, donde estaban almacenados los tejidos, para
olvidarse por completo de aquella gente que se burlaba de ella.

Cada vez que entraba en aquella habitación se zambullía en
un mundo aturdidor de texturas, olores y colores que le producían un efecto mareante: vaporosas muselinas de seda blanca,
tafetanes bordados con hilo de oro, algodones acolchados de
color verde bosque, terciopelos decorados con cristales de colores, panas rosadas de pelo liso...

Solamente le hicieron falta unos pocos días para conocer
el nombre de cada una de las telas con las que comerciaba su
marido, para reconocer el material al primer toque y para distinguir todos los matices de los colores, hasta los más sutiles,
como los que diferencian al carmín del amaranto, al opalino
del lunar, al azufre del topacio.

Y, ya, empezaba a aburrirse.

El que no se aburría era Pierre Beauvais. Además de colocar
un rótulo con la efigie de Catherine encima de la puerta, hizo
repintar la fachada de su tienda de color rosa pálido y las paredes interiores de verde manzana. Cambió también el viejo
mostrador, hizo volver a barnizar la gran mesa de roble sobre
la que presentaba los tejidos, sustituyó la campanilla de la entrada por un pequeño y bonito carillón dorado y empezó a ne-
gociar con su vecino, Monsieur Péret, comerciante de cereales,
para comprarle su local.

—Ya lo ve usted, Péret, me bastaría con abrir esa pared para
que las dos tiendas se comuniquen...

Las discusiones entre Pierre y Catherine eran raras. ¿Cómo podía ser de otro modo en una pareja en la que el marido creía que su mujer era tonta y la mujer sabía que su marido lo era? Una noche, ella trató de llevarle al terreno de la literatura. Le habló de Epicteto, Homero, Virgilio..., pero él se encogió de hombros.

—Los libros no sirven para cortar telas...

A partir de ese día, tanto en el almuerzo como en la cena, no se oyó más ruido que el de las cucharas al rebañar el fondo de los platos. Por la noche, tras un pobre «Buenas noches», Pierre se quedaba dormido en su cama contando sus escudos y Catherine, en la suya, soñando con otros sitios.

Catherine tenía ocasión de sorprender fragmentos de conversación entre su marido y los clientes que la hacían sentirse aún más incómoda con aquella vida. Era como si fueran pequeños tragaluces que se entreabrían a la grandeza del mundo.

—Ayer fui al teatro del Marais, Beauvais.

—¿A ver qué?

—*Pertarito, rey de los lombardos.*

—Nunca he oído hablar de ella. ¿De quién es?

—Corneille.

—¿Como el pájaro?*

—Mazarino va a aumentar los impuestos.

—¿Otra vez? ¡Cabrón italiano! ¿Desde cuándo se entregan las riendas de un país como Francia a un extranjero?

* El apellido de Pierre Corneille, famoso poeta y dramaturgo francés, en español significa «corneja». De ahí la respuesta de Beauvais, que pierde su sentido en la traducción. (*N. del T.*)

—Dicen que se acuesta con la reina.

—¡Zorra española!

—Retz ha sido detenido y encerrado en Vincennes.

—¿Quién?

—El cardenal de Retz. Uno de los principales dirigentes de la Fronda.

—...

—Vamos, Beauvais, ¡no me diga que no le conoce! Gondi, el gran enemigo de Mazarino... El que soñaba con ocupar su puesto...

—Me suena vagamente.

—De vez en cuando debería salir de su tienda, Beauvais.

—Ah, sabe usted, la política y yo...

Afortunadamente, estaba Geneviève. Una vez a la semana empujaba la puerta y, hubiera o no clientes, se llevaba a Catherine a caminar por París. Sus pasos las conducían indistintamente por las orillas del Sena, a la explanada de Notre-Dame o por el lado de Les Halles (quien ha practicado el paseo junto a un ser querido sabe que el objeto del viaje importa poco: solo cuenta el gusto por un presente compartido). Durante esas pocas horas, Catherine se olvidaba de su marido y Geneviève de su soledad. Hablaban de todo y de nada, del tiempo que había hecho la víspera, de un libro que habían leído, de una receta de cocina o de la de una lavativa.

Cuando llegaba el momento de despedirse, Geneviève posaba la mano sobre el brazo de su entristecida nieta y, sonriéndole con dulzura, le recordaba las palabras de Madame Saint-Roch: «Ten paciencia. Estoy segura de que te espera otra vida».

VIII

Aunque Pierre Beauvais se había hecho mucho más rico de lo que hubiera podido imaginar, eso no le impedía refunfuñar al respecto. Con aquella opulencia no tenía suficiente. Lo que quería era ocupar el lugar de Jean-Baptiste Fabregue, el principal proveedor de tejidos de palacio.

Este poseía una magnífica tienda en el puente que lleva de Notre-Dame a la isla de la Cité, en el que entonces se amontonaban alrededor de sesenta casas acomodadas cuyas fachadas de piedra clara se adornaban con grandes bustos de hombres y mujeres y retratos de reyes.

A menudo, Pierre Beauvais se ponía su sombrero de ala ancha y se iba a soñar ante la vitrina de Monsieur Fabregue. Podría decirse que era una gran caja de bombones, pues su interior estaba lleno de telas variadas y multicolores: sedas escarlatas, estameñas de un azul increíble, telas siamesas carmesíes, telas indias de un lindo celeste... Pero su fascinación duraba poco. Ya que, en medio de todos aquellos tesoros, como una mosca posada sobre un tarro de miel, estaba Fabregue. Fabregue el rutilante. Fabregue el bien alimentado. Fabregue el todopoderoso, quien todos los días, vestido de terciopelo y oro, iba a presentar sus tejidos a la Corte. Y estaba también Madame Fabregue, pequeña, oronda, de pelo ensortijado, apetecible, de la que no era difícil adivinar que su marido la había desposado más por deseo que por necesidad.

Entonces, Pierre Beauvais apretaba las mandíbulas y los puños. Remontaba las fangosas orillas del Sena a grandes zancadas y se iba a aporrear la puerta de Michel Bellier.

—¡Me habíais prometido hablar de mí en la Corte!

—¡Lo he hecho, Pierre! Pero Fabregue está bien instalado. No quieren a otro que no sea él.

La cólera de Pierre Beauvais aumentaba. Pegaba un puñetazo en la mesa, amenazaba con devolver a Catherine, volvía avergonzado al día siguiente, se disculpaba, lloriqueaba, y Michel Bellier le decía, acompañándole a la puerta:

—Sea paciente, Pierre... En la Corte nadie está libre de dar un paso en falso.

Pero el tiempo pasaba y la paciencia de Pierre Beauvais se iba agotando. Estaba enfadado con todo el mundo: con su suegro, que no hacía nada por él, con su mujer, tan fea, con la de Fabregue, tan bonita, con el imbécil de Péret, que seguía sin querer vender, con el estúpido de Fabregue, cuyo único mérito era el de haber llegado antes que él.

Y Catherine, al verle debatirse así, pensaba que Descartes había estado en lo cierto al escribir en sus *Pasiones del alma*: «No hay ningún vicio que haga tanto daño a la felicidad de los hombres como la envidia».

El tiempo siguió pasando. Y así, en esta ciudad de París donde las modas se desvanecen más deprisa que las estaciones, llegó el momento en que los clientes se cansaron de la fealdad de Catherine. El gran cartel en el que Pierre Beauvais había escrito con letras rojas sobre fondo amarillo «casa de la monstruo» dejó de hacer efecto, así como los pasquines de dos piezas de tela por el precio de una pegados a la vitrina. El pequeño carillón dorado ya solo sonaba debido a las corrientes de aire. Las vaporosas muselinas y los tafetanes bordados en hilo de oro se cubrieron de polvo. Hasta el punto de que un día fue Monsieur Péret el que, con una gran sonrisa, fue a decirle a Pierre Beauvais:

—Ya lo ve usted, Beauvais, me bastaría con abrir esa pared para que las dos tiendas se comuniquen...

Con el alma en vilo, Pierre Beauvais acabó por tener que ir a recorrer las embarradas calles de París en busca de clientes, con un cajón lleno de telas y cintas apoyado en la barriga. Sus «paseos», como él llamaba, ante Monsieur Péret, a aquellas agotadoras marchas a través de la ciudad, le llevaban a veces hasta ciertas casas de la Rue Saint-Denis donde, a cambio de unas pocas telas de mala calidad que él decía que procedían de Italia, olvidaba sus sueños abortados, la fealdad de su mujer y las ganas que a veces le daban de arrojarse al Sena junto con todos sus bártulos.

IX

Pierre Beauvais pensaba que ya no podría caer más bajo. Pero en el fondo de su desgracia quedaba todavía una trampilla: esta se abrió bruscamente bajo sus posaderas una noche de marzo de 1653, cuando François de Béthune, conde de Orval, primer escudero de la reina Ana de Austria, todo él engalanado de oro y plumas, hizo sonar el pequeño carillón dorado de la puerta de entrada.

—La reina, mi señora, espera a vuestra esposa en el Louvre mañana a las once.

Pierre Beauvais abrió unos ojos grandes como platos.

—¿Perdón?

—He dicho: la reina, mi señora, espera a vuestra esposa en el Louvre mañana a las once.

—¿Mi mujer?

—Sois Pierre Beauvais, ¿no?

—Sí.

—Vuestra esposa, entonces.

—¿Es una broma?

—En absoluto.

Fue entonces cuando Catherine asomó su cabeza por la puerta de la trastienda.

—¿Habláis de mí?

François de Béthune no pudo impedir ponerse pálido.

—¿Sois... sois Madame Beauvais?

—Para serviros, señor.

—Ah... Bien... Humm... —balbució, sin poder apartar sus ojos de aquella extraordinaria aparición—. La reina os espera en el Louvre...

—¿A mí?

—Humm... Sí. A vos. Mañana. A las once.

—Pero ¿qué historia es esta? —dijo Pierre Beauvais—. Y, para empezar, ¿qué es lo que quiere la reina de mi mujer?

—No lo sé. Solo soy un emisario.

—¿Y yo? —preguntó Pierre Beauvais.

—¿Quién? ¿Vos?

—¿También estoy invitado?

François de Béthune echó un vistazo a su orden de misión.

—¿Vos? Ah, no. Vos no.

Si, para Pierre Beauvais, las razones de esta invitación eran tan misteriosas como las que hacen que algunos hombres tengan pelo y otros no, Catherine no dudó un solo instante de que Geneviève Bellier tenía algo que ver con este asunto.

Algunos días antes, cansada de ver que las predicciones de Madame Saint-Roch tardaban en realizarse, Geneviève había decidido ir a darle un puntapié en el trasero al destino.

Emprendió el camino hacia el Louvre apoyándose en su bastón. Hacía mucho tiempo que no había vuelto a palacio y temía que no la reconocieran en absoluto. Pero la reina y su hijo la recibieron como se acoge a un miembro de la familia.

Luis se mostró muy interesado en los juegos y en las palabras infantiles de su padre. Se divirtió mucho escuchándola contar la historia del día en que había tenido que reñirle porque no paraba de exhibir su pene ante todo el mundo diciendo: «¡Mirad, hace como el puente levadizo!».

Y mientras hacía pasar, ante los ojos del futuro rey, la silueta de aquel niño, la imagen de su nieta muriéndose de aburrimiento en su tienda de telas no dejaba de perseguirla.

Por desgracia, pasaba el tiempo y Geneviève no acababa de encontrar el resquicio que le permitiese hablar de Catherine sin que pareciera que había venido para eso. Tras la puerta, las voces se alzaban impacientes. La conversación iba a terminar.

Es en el momento en que se cree que todo está perdido cuando se salva todo. Por fin un detalle abrió una brecha por la que Geneviève se lanzó. Ese detalle, que hubiera pasado inadvertido a los ojos de la gran mayoría, ese «milagro», como ella lo llamó al contárselo más tarde a Françoise, fue un pequeño rictus que dejó ver la reina en el momento de despedirse. Aquella mueca la hubiera reconocido Geneviève entre otras mil: ella hacía la misma muchas veces al día.

Así que, antes de salir, pudo decirle a la reina al oído:

—Tengo tal vez a alguien para lo de sus gases, señora.

X

El recuerdo de la primera vez que se vio aparecer en la Corte a Catherine fue duradero. En sus memorias, Madame de Montalembert ha descrito la formidable impresión que causó aquel día: «Martes, 18 de marzo. Ayer apareció ante nosotros una de las cosas más extravagantes que nos ha sido dado ver: una mujer tan deforme, tan fea, que lo primero que uno se preguntaba era si llevaba una máscara. La reina la recibió durante más de una hora. ¿Por qué Su Majestad ha recibido a semejante personaje? ¿Qué se han dicho? Eso es lo que todos ignoran».

En materia de estupefacciones, Catherine no se quedó a la zaga. Jamás habría podido imaginar que existiera en el mundo semejante casa. Trotando detrás de Monsieur de Béthune, apenas pudo prestar atención a los ojos que se abrían de par en par a su paso; apenas pudo oír los murmullos que se elevaban a su espalda. En cada rincón, una estatua de mármol o de alabastro; en cada artesonado, una pintura; sobre cada chimenea, un reloj de péndulo de oro con esfera de diamantes; bajo cada ventana, una consola de caoba o un cofre de ébano. Al otro lado de las ventanas, los tejados de París daban la impresión como de un gran terreno baldío abollado. Era como pasearse por un mundo fuera del mundo; una isla de belleza perdida en el corazón de un gigantesco océano de barro.

Llegaron finalmente ante una gran puerta de bronce, que dos guardias boquiabiertos por la aparición de Catherine abrieron de inmediato, y penetraron en una inmensa habitación que Monsieur de Béthune explicó que se trataba del gran gabinete de la reina.

—Sentaos ahí —dijo él, señalándole un pequeño sillón de terciopelo rojo—. Alguien vendrá a buscaros.

Transcurrieron varios minutos, durante los cuales Catherine, al quedarse sola en medio de los mármoles y los dorados, tuvo la impresión de estar absolutamente fuera de lugar.

—Humm... Si hacéis el favor de seguirme...

Entregada a sus reflexiones, no había oído abrirse una puerta. Un ujier con librea cosida con hilos de oro y plata, y con una indisimulable sorpresa en los ojos, se hallaba ante ella.

La reina tampoco pudo evitar palidecer cuando vio aparecer a la nieta de Geneviève Bellier. Pero como había aprendido desde hacía tiempo a poner buena cara delante de todos sus súbditos, incluso de los más espantosos de ellos, y como este, además, poseía tal vez los medios para hacer que se le deshinchara el vientre (pues eso es lo que ocurre cuando, tres veces al día, a pesar del consejo de su médico, se atiborra uno de salchichas, de chuletas y de pan hervido), su mueca enseguida se transformó en sonrisa.

—¡Ah, Catherine! —exclamó—. Qué contenta estoy de veros... Vuestra abuela me ha dicho que os ha iniciado en el arte de los enemas y que poseéis, sobre ese asunto, cualidades formidables. ¿Es cierto?

—Humm... Sí, señora —balbuceó Catherine, impresionada al encontrarse frente a la primera dama del reino.

En presencia de Antoine Vallot, el primer médico de la Corte, un hombrecillo cuya cabeza hacía pensar en un perro de aguas, Ana de Austria empezó a interrogarla acerca de sus conocimientos.

Al presentir que ahí se jugaba su porvenir, y pensando que el cuerpo de la reina en realidad estaba hecho como el de todo el mundo, Catherine recuperó su ingenio y su seguridad. Pocos minutos después del comienzo de la conversación, era ella la que llevaba la batuta.

Le pidió a la reina que le precisara la naturaleza exacta de sus males, interrogó a Vallot sobre las fórmulas de sus medicaciones, recomendó sustituir el euforbio por el meliloto en el caso de estreñimiento prolongado, se permitió dudar de las virtudes del cangrejo de río en polvo y de las raspaduras de asta de ciervo, sugirió utilizar el cardamomo en lugar del astrágalo para aliviar las diarreas, citó a Eurípides, que decía que «el vientre es el más grande de todos los dioses»[*] y, cuando hubo acabado de hablar, la reina y su médico la miraban embobados.

---

[*] Eurípides, *El Cíclope*. (*N. del T.*)

XI

—¿Y bien? —preguntó Pierre Beauvais, dándose la vuelta en cuanto sonó el pequeño carillón dorado. Acababa de regresar de uno de sus «paseos». Sus tirantes le habían impreso en la espalda dos grandes bandas negras de sudor. Apestaba a vino.

—Pues que empiezo mañana —dijo Catherine, deprendiéndose de la pañoleta de seda rosa que le protegía el cuello.

—¿Qué es lo que empiezas mañana?

—A trabajar para la reina. Gracias a Geneviève.

Él la miró de arriba abajo antes de desaparecer en el trastero en el que guardaba sus frascas de vino.

—¿Esa zorra se ha cansado ya de sus enanos?

—¿Cómo dices?

—¿Y qué vas a hacer? —dijo Pierre reapareciendo con una botella y un vaso—. No sabes hacer nada.

—He jurado no decir nada.

Él se encogió de hombros.

—¿Y yo?

—¿Tú qué?.

—¿Les has hablado de mí?

Catherine miró con desprecio a aquel hombre pequeño y de tez amarillenta, a aquel hombre que nunca sería nada, y decidió machacarlo todavía un poco más.

—Sí, he visto a Fabregue.

—¡Fabregue! ¿Y entonces?

—Entonces le he dicho que tú ibas a ocupar su puesto.

—¡Muy bien! —exclamó Pierre, levantando su vaso—. ¿Y?

—Se ha reído tanto que creí que iba a ahogarse. Ah, y además me voy a alojar en palacio.

A la mañana siguiente, Catherine cargó con sus escasas pertenencias y se marchó para ir a instalarse en el Louvre. En el camino hizo un alto en casa de Geneviève, que la recibió en su habitación, con la escopeta mágica plantada en el trasero. Cuando Catherine le dio las gracias por su ayuda, se limitó a corresponderle con una sonrisa, le hizo jurar que se quedaría siempre junto a la reina, pasara lo que pasara, y, antes de que se fuera, le regaló el pequeño diamante de reflejos multicolores que Luis XIII le había dado en su día por haberse ocupado tan bien de él, y también su ejemplar de *La Farmacopea general* embellecido con esta dedicatoria: «Para Catherine. Para su entrada en el gran mundo por la puerta pequeña».

XII

Durante los primeros días que pasó en la Corte, Catherine tuvo la impresión de vivir en el paraíso. Sin duda, la mayoría de los cortesanos seguían murmurando y volviéndose a su paso, pero la demostración de ese desagrado se veía compensada por la belleza del palacio que Monsieur de Béthune se había encargado de hacerle descubrir. La gran galería, con sus noventa y seis ventanas y su centenar de pinturas en las que estaban representadas las más bellas ciudades de Francia, la dejó anonadada. Las bóvedas pintadas al fresco y ornadas de estucos de la sala de Mecenas le encantaron. En la sala de festejos, las cariátides semidesnudas le hicieron pensar en volubles diosas que un dios celoso hubiera fijado en la piedra. Y mientras claudicaba en medio de todas aquellas maravillas, se sorprendía de que su vida junto a Pierre Beauvais no fuera ya, en su memoria, más que un punto minúsculo, del que se desprendían solo algunas imágenes borrosas e insignificantes.

Una mañana, Monsieur de Béthune la llevó a un inmenso corredor de mármol rosa donde estaban expuestos los retratos de cuerpo entero de veinticinco personajes «cuyos nombres retendrá la Historia para siempre» (efectivamente, ¿cómo olvidar al cardenal d'Amboise, a Olivier de Clisson, a Jean Le Mein-

gre, a Charles de Cossé, a Blaise de Monluc o al abate Suger?).
De pronto, un grito les hizo volver repentinamente la cabeza:
«¡Sitio! ¡Hagan sitio!».

Catherine tuvo el tiempo justo para ver pasar una silueta vestida de rojo, flanqueada por guardias armados.

—¿Quién es? —preguntó.

—Un hombre que algún día tendrá también aquí su retrato —respondió Monsieur de Béthune, cuyos ojos permanecían fijos en la puerta tras la que habían desaparecido aquel hombre y su escolta—: el cardenal Mazarino.

XIII

La instalación de Catherine en palacio hizo que rechinaran muchos dientes. Empezando por los muy amarillos de Marie Catherine de la Rochefoucauld, la primera dama de honor, que no entendía cómo aquella criatura, surgida de no se sabe dónde, podía ocuparse de la reina con el mismo derecho que ella, que había sacrificado su juventud en el aprendizaje de hacer la reverencia y en el de servir, así como los un tanto irregulares de Julie de Saint-Bris, que hasta entonces se había encargado de administrar a Su Majestad las lavativas preparadas por Antoine Vallot. Lo que echaba de menos no era tanto el hecho de no seguir lavando los intestinos de Ana de Austria como el comercio que se había acostumbrado a practicar con algunas cortesanas, las cuales, convencidas de que la Virgen María se ocultaba en el cuerpo de la reina, le compraban a precio de oro la ropa sucia que les traía de sus sesiones.

Hubo alguien más que vio con muy malos ojos la llegada de Catherine: el cardenal Mazarino. ¿Cómo iba a poder ella, con su hechura y su rostro horripilante, suscitar el menor encanto a los ojos de este hombre que, como para consolarse de la fealdad del mundo y mantenerla a distancia, pasaba horas delante del espejo preparando sus apariciones, dedicaba días enteros a pensar en el acondicionamiento del palacio y gastaba millones de libras en llenar su inmensa residencia particular de la Rue Vivienne con pinturas de los mejores artistas de su tiempo, con tapicerías realzadas con oro y plata, con jarrones de jaspe y alabastro, con estatuas de mármol llegadas de Italia y con grandes mesas de pórfido?

Tan solo tres días después de la llegada de Catherine intentaba ya convencer a la reina de que se desembarazara de aquella criatura que venía a arrojar una oscura luz sobre el universo que, paciente y dispendiosamente, él se había construido como otros solo pueden construirlos en sus sueños quiméricos.

—¿No podríais agenciaros los servicios de una boticaria menos repulsiva?

En cuanto al resto de la Corte, esta no cesaba de interrogarse al respecto. En casa de Mademoiselle de Scudéry, sobre todo, las conversaciones se producían sin parar.

—Estoy convencido —decía Paul Pellisson, alisándose su bigotito— de que la reina ha tomado a ese horror a su servicio para consolarse de no ser ya tan hermosa.

—En todo caso —decía Monsieur de Pomponne, con la mano negligentemente posada sobre el dintel de la chimenea—, tenemos, al contemplarla, una prueba deslumbrante de la potestad creadora de Dios.

—O de la del diablo —decía, persignándose, Madame de Sévigné, que recordaba haber leído en alguna parte que la fealdad es la manifestación física de los vicios del alma.

A lo largo de esas veladas, tan solo Samuel Isarn, el poeta, y Robert Nanteuil, el pintor, se inclinaban por defender a Catherine. El primero porque decía que aquella grotesca criatura le inspiraría unos magníficos sonetos sobre la fealdad; el segundo porque explicaba que, en adelante, para realizar bellos retratos de mujeres le bastaría con tomarla como modelo y hacerlos exactamente a la inversa.

¿Cómo es que unos personajes tan refinados y letrados podían dejarse llevar y abordar un asunto tan trivial como frívolo? Si se le hubiera preguntado eso a Monsieur Pellisson, este habría respondido que las grandes mentes a veces tienen necesidad, después de haber pasado el día respirando el aire enrarecido de las alturas a las que les había llevado su inteligencia, de volver a bajar un poco a tierra para recuperar el aliento. Concedámoslo.

Comoquiera que sea, al cabo de un rato, estos espíritus selectos, suficientemente ventilados, volvían a las alturas. Monsieur Conrart extraía de su bolsillo un fajo de folios, se ajustaba los anteojos, aclaraba su garganta y, ante la atenta pequeña asamblea, leía unas páginas de la gran crónica que estaba preparando por entonces sobre la Fronda. Así, leyó: «Durante toda la noche prosiguió la matanza de habitantes, y hasta la mañana del martes se contaron al menos doscientos. Muchos compañeros de oficio, que habían salido con sus abrigos y sin armas, resultaron muertos y heridos como los otros».*

Era muy difícil no emocionarse al oír aquellas palabras. Nadie había olvidado los cuatro terribles años durante los cuales Francia, privada de su rey, devorado vivo por los gusanos, se había parecido a un pollo sin cabeza.

—¿Y os acordáis del cardenal de Retz, ese oportunista? —les preguntó Monsieur Pellisson.

---

* Valentin Conrart, *Mémoires*, en *Collection des mémoires relatifs à l'histoire de France*, edición de Claude-Bernard Petitot, París, Foucault, 1825, p. 64. (Versión del traductor). (*N. del T.*)

Naturalmente que todos se acordaban de él y de la lucha inmensa que le había enfrentado a Mazarino. ¿Cómo habría podido olvidarse la guerra fratricida que habían librado los dos feroces italianos, el uno para conservar el poder y el otro para arrebatárselo?

—Cuando pienso que hoy podríamos estar bajo el yugo de ese cura sin alma... —se estremecía Monsieur Conrart.

—Sin alma, sin alma... —rezongaba Madame de Sévigné, la cual, aunque lo ocultase, siempre había sentido simpatía por Retz.

—Exactamente, señora. Sin alma. A menos que consideréis que un jansenista no pueda tenerla...

—He oído decir que recientemente Mazarino había hecho que lo trasladasen al castillo de Nantes. Creo que nunca más oiremos hablar de él.

—Si también pudiéramos librarnos pronto de esa horrible Catherine. —Suspiraba Madeleine de Scudéry, que, agotada por las jornadas que a la sazón dedicaba a escribir su *Clelia*, a menudo tardaba, llegada la noche, en recuperar los caminos de las cumbres.

XIV

La reina había instalado a Catherine en una habitación contigua a sus aposentos. Era un cuarto que tenía una gran ventana que daba al Sena, con molduras cubiertas de oro y un techo decorado con una bonita pintura que representaba a unos angelotes soplando trompetas.

También le había acondicionado un laboratorio en el subsuelo de palacio, en un trastero lleno de instrumentos y libros de medicina que habrían hecho las delicias de Nicolas Flamel, y donde a veces Antoine Vallot se unía a ella.

De todos los miembros de la Corte era realmente el único que no prestaba ninguna atención a la apariencia de Catherine. Si se le hubiera preguntado la razón de ello, habría contestado con su hermoso acento del sudeste (era de Arlés): «El médico que soy ha aprendido desde hace tiempo a no asombrarse por las rarezas de la naturaleza». Pero lo que se habría cuidado mucho de decir es que si bajaba a reunirse con Catherine en el laboratorio era porque ella poseía unos conocimientos que él no tenía y que ardía en deseos de adquirir. Mientras él se contentaba con aplicar los tratamientos que había aprendido en los libros, o con profesores que, desde hacía siglos, se transmitían las mismas recetas, Catherine, por su parte, dejaba a menudo que hablase su imaginación. Su audacia no dejaba de sorprenderle. Ella sustituía el euforbio por el astrágalo, el saúco por la caléndula, mezclaba la milenrama con el eucalipto, añadía unas pizcas de acónito o de belladona a sus preparaciones y, sin preocuparse por sus consecuencias, experimentaba con ella misma el resultado de sus sorprendentes mezclas.

Si, la mayoría de las veces, las cocciones que ponía a punto eran de una considerable eficacia, se daba también el caso de que le ocasionasen tanto pertinaces estreñimientos como abundantes diarreas, así como, también, violentas crisis de meteorismo abdominal. Contrariamente a lo que pensaba Vallot, no era el gusto por la ciencia lo que la llevaba a poner de ese modo su vida en peligro, ni tampoco el deseo de ser bien vista por la reina. Era la felicidad de pensar que su cuerpo, que durante tanto tiempo había creído que solo valía para echarlo a los perros, tenía por fin una utilidad en este mundo.

Geneviève le escribió. Una violenta crisis de reumatismos le impedía ir al Louvre. Al no haber podido calmarla con sus enemas, se aprestaba, por consejo del médico que la había auscultado, a ir a tomar las aguas a Bourbon-l'Archambault, en el centro de Francia. Antes de partir, quería saber cómo la había recibido la Corte, si la reina estaba contenta con sus servicios, si la comida era buena y abundante. Cuando recibió la respuesta de Catherine que le decía que todo iba muy bien, salvo que los cortesanos, a veces, la miraban con cara rara, Geneviève se apresuró a enviarle estas pocas líneas:

En cuanto vuelva, seguramente hacia finales de agosto, iré a verte a palacio. Mientras tanto, haz como el bueno de Diógenes encerrado en su barril: vive sin preocuparte de lo que los demás piensen de ti.

De las dos lavativas diarias que Catherine estaba encargada de administrar a Ana de Austria, las de la noche se convirtieron pronto en sus favoritas. Hacia las once, en cuanto los pajes acababan de apagar las velas de los grandes pasillos, accedía a las habitaciones de Su Majestad, que, ya desvestida por sus camareras, la esperaba tendida medio desnuda sobre su lecho. La visión de aquella grupa lechosa nimbada por la claridad de los candelabros siempre hacía nacer en ella una particular turbación. Que nadie se confunda: Catherine jamás experimentó atracción física alguna hacia la reina. Lo que la conmovía, lo que incluso la trastornaba, era ver a aquella mujer, tan temida por todos durante el día, desembarazada de las máscaras que su título la obligaba a llevar.

—Venga, Cateau —decía la reina con un suspiro de abandono y encogiendo las piernas—. Empecemos.

La duración de la sesión variaba en función de la loción administrada. Veinte minutos para un enema carminativo; treinta para un enema detersorio; apenas quince para un enema contra el dolor nefrítico. Durante la maceración, Catherine masajeaba suavemente el abdomen de la reina con el fin de remover bien el líquido en sus intestinos. En cada ocasión, le causaba una extraña emoción palpar aquel vientre, aquel tabernáculo en el que el rey se había aposentado en otro tiempo. Pero también dolor. Pues, pensando en la grandeza de aquel ser con el que a veces se cruzaba en el recodo de un pasillo o en las alamedas del jardín, rodeado de cortesanos emplumados y cacareadores, no podía impedir preguntarse por qué a ella la había dotado Dios de semejante aspecto.

Finalmente, pasados los quince, veinte o treinta minutos, la reina se ponía en cuclillas sobre una gran palangana de loza blanca y, juntando las rodillas contra el pecho, evacuaba un líquido cuyo color Catherine se aprestaba a estudiar con el fin de establecer un diagnóstico.

Y mientras hacía que el líquido se irisara a la luz de una vela, ella se consolaba de su fealdad maravillándose de su medicina, que daba voz a todos esos órganos que el destino había condenado a la noche.

XV

Pasaron así los primeros meses, durante los cuales las malas lenguas de palacio se lo pasaron en grande. En casa de Mademoiselle de Scudéry los partidarios de Ambroise Paré discutían ahora sobre si la deformidad de Catherine era debida a la degradación del esperma de su padre o a la indisposición de la matriz de su madre; Madame de Sévigné afirmaba que, a modo de cara, tenía un espejo en el que se reflejaba la del mismísimo demonio, y los poetas del clan se dejaban llevar por ciertas veleidades de las que se guardaban bien de decir que les habían exigido horas de trabajo:

Vos, para quien todo elogio es escaso
y a quien el cielo quiso dotar
de virtudes, de encantos y destreza,
cuán dulce me parece vuestra suerte
viendo que una gran princesa
no sabría cómo prescindir de vos.

Preciso es que, en sus menesteres,
haya probado que vuestros cuidados
le son por completo necesarios,
ya que todos tienen por seguro

que no da por evacuados sus asuntos
si no está de por medio vuestra mano.*

Rápidamente, la repugnancia y la burla no fueron ya las únicas musas que inspiraron a esta gente. El alma de los cortesanos está hecha de tal modo que siempre cree que se le oculta algo. A fuerza de ver a Catherine encerrarse a solas con la reina, acabaron por convencerse de que, durante aquellas sesiones en las que se hacía purgar las entrañas, la reina llenaba los oídos de su espantajo de confidencias a cuál más jugosa. Como decía Madame de Sévigné agitando su abanico: «Estoy segura de que esta cosa sabe tanto del alma de la reina como de su culo».

Superando su repulsión, Monsieur Nanteuil y Monsieur Isarn se atrevieron a aproximarse a Catherine con la esperanza de que les contara alguno de esos formidables cuchicheos. ¿Era cierto que la reina ya solamente confiaba en los modelos de zapatillas que hacía Antoine Grisard? ¿Que Mazarino y Fouquet, el recién nombrado superintendente de Finanzas, estaban pensando en establecer unos nuevos impuestos para soportar las cargas de la guerra contra los españoles, aun a riesgo de provocar una nueva Fronda? ¿Qué Louis Dieudonné se había acatarrado?

—¿Y bien? —se preguntaba a aquellos valientes que habían tenido el coraje de ir a hablar con «la cosa».

—Nada. Apenas nos ha hecho caso.

Que aquella mujer tan fea que se ocupaba de tareas tan bajas los mirase desde tan arriba hacía aumentar su desprecio hacia ella.

* Jules Cousin, *Stances à Madame de B*** sur son adresse à donner des lavements*, en L'Hôtel de Beauvais Rue Saint-Antoine, París, *Revue universelle des arts*, 1864, p. 7. (Versión del traductor). (*N. del T.*)

Si Catherine no les había dicho nada, no era solamente porque aquellos dos señores vestidos con sus bonitos trajes de terciopelo oscuro que de pronto habían empezado a mosconear a su alrededor la hubieran impresionado. Era también, y en primer lugar, porque había jurado, en el momento de asumir sus funciones, no divulgar nunca las conversaciones que pudiera tener con la reina. Sin contar con el hecho de que no sabía nada. Durante las sesiones de los cuidados que le dedicaba, la reina nunca le hablaba de los asuntos del reino: no por mostrarle el trasero a su médico está uno obligado a decirle todo. A lo sumo, en ocasiones se dejaba llevar y le hablaba de Valladolid, la ciudad «llena de sol» en la que había nacido y que echaba de menos, o recitaba fragmentos de poemas en español de los que Catherine no entendía ni una palabra, pero cuyas sonoridades entre tristes y alegres le encantaban.

Ello no impidió que desde aquel día empezara a encontrarse regularmente con notas deslizadas bajo su puerta. Eran groserías, insultos, dibujos obscenos, poemas llenos de amenazas apenas veladas:

De ese modo tenéis el favor de la Corte,
es lo que hace que cada día
os retenga la reina en el Louvre,
y es que, estando ya todos acostados,
ella con frecuencia os descubre
lo que tiene mejor guardado.

Debéis sin embargo temer
que otra, para suplantaros,
no acabe por tenderos una trampa,
pues las mentes tendrán celos

de que una reina os ofrezca el asiento
cuando os ve arrodillada.*

Toda esta violencia dispuesta en palabras o en imágenes la encolerizaba al tiempo que la entristecía.

La reina, puesta al corriente de aquellos ataques, hizo llamar a Catherine y, delante de ella, no contuvo su ira:

—¡No toleraré más que nadie se permita atacar a la gente de mi casa! ¡Mandaré que se lleve a cabo una investigación!

Pero, para gran desencanto de Catherine, ya fuera porque los policías de la reina no pusieron mucho empeño en la misión o porque los amigos de Mademoiselle de Scudéry fueron más listos que ellos, esa investigación no dio ningún fruto.

Al menos las cartas que le enviaba Geneviève desde Bourbon-l'Archambault endulzaban algo sus cuitas. Aquella cura, le decía, le estaba haciendo mucho bien. Se pasaba horas chapoteando en hoyos llenos de agua caliente, se alegraba al ver cómo sus miembros recuperaban poco a poco su elasticidad, hacía de vientre copiosamente todas las mañanas, jugaba a las cartas con Françoise, leía y, el domingo, asistía a los sermones de un cura que poseía cifras de una información asombrosa sobre la organización del cielo:

¿Sabes lo que nos contó ayer? Que cada día mueren en el mundo sesenta mil hombres, y que, de esas sesenta mil almas, no hay más que una a la que le hayan sido acordadas las gracias del Señor. ¿Las otras? Tres son destinadas al purgatorio y cincuenta y

---

* Ibídem, pp. 7-8. (Versión del traductor. La palabra «asiento» tiene un manifiesto doble sentido). (*N. del T.*)

nueve mil novecientas noventa y seis al infierno. Yo no sé si iré al paraíso. Todo lo que sé es que habré hecho todo lo posible. Estoy impaciente por verte. Estaré de vuelta a comienzos de septiembre. Hasta entonces, cuídate. Tu abuela.

XVI

Catherine creyó que los cortesanos acabarían, si no queriéndola, al menos acostumbrándose a su presencia. Pero pasó el tiempo y nada cambiaba. Durante mucho tiempo, hubo tres cosas que la ayudaron a soportar sus injurias y sus murmuraciones. La primera era la idea de que le estaba haciendo bien a alguien. La segunda era la belleza de las melodías de Jean de Cambefort, el superintendente de música del rey. Una vez al mes, toda la Corte en pleno se reunía en la Sala de las Cariátides para escuchar las últimas composiciones del maestro. Escondida detrás de una colgadura, Catherine no se perdía nada. Durante aquellas horas en las que las notas ocupaban todo el espacio, en las que las voces, los violines y las violas de gamba rivalizaban en armonías, ella se olvidaba de su cuerpo contrahecho y de la crueldad de sus contemporáneos. Era como partir hacia un país sin gravedad, un mundo sin espejos, donde la verdad vencía a la apariencia, lo imaginario a lo real. Con los ojos cerrados, se paseaba por paisajes que no hubiera podido inventar ella sola, seguía la melodía como un largo camino en el que uno no se preocupa por saber adónde lleva, pues las tierras que atraviesa contienen bellezas inesperadas. Cada vez que asistía habría querido que aquello no se acabara nunca. Pero, poco a poco, las voces y los instrumentos disminuían su intensidad, se atenuaban, se callaban. Unas risas burlonas llegaban desde el otro lado del telón: «Menos mal que no estaba la Beauvais. Su presencia nos habría arruinado ese extraordinario momento de gracia».

La tercera era la amistad que, poco a poco, la había unido al maestro Vallot.

Una o dos veces por semana, tanto si llovía como si hacía viento, el médico la llevaba a los suburbios de París, al otro lado del Sena, en concreto al jardín real de plantas medicinales. Durante horas, caminaban a través de inmensos parterres de plantas aromáticas de colores y formas a cuál más extravagante. Para Catherine era una maravilla tocar o descubrir el olor de todas aquellas plantas que hasta entonces solamente había visto en los libros.

Durante estos paseos, Vallot hablaba mucho. Además de ponderar las extraordinarias propiedades de las plantas con las que se cruzaban, no tenía igual a la hora de trazar, con un par de palabras mordaces y con su acento inimitable, los retratos de la gente que no le gustaba (y le gustaban muy pocos). Madame de Lignerolles era «una redomada estúpida»; Toussaint Rose, el secretario personal de Mazarino, un tipo extraño de largos cabellos blancos y aire de loco, era «un asno albardado que mentía como un sacamuelas». Había alguien, sobre todo, a quien detestaba: un tal Guy Patin, «un mastuerzo que se hacía pasar por médico»: «¿Catherine, sabéis lo que pretende ese mamarracho? ¡Que la digestión es un fenómeno puramente mecánico! Ja, ja. —Y se dejaba llevar por la ira—. ¡No somos gallinas, Monsieur Patin! ¡Lo que comemos no está estrujado en el tubo digestivo, como pretende! Todo está disuelto por líquidos segregados por los órganos. Créame, Catherine —decía, dándose golpecitos en el vientre—, ahí dentro solamente hay química».

Un día que acababan de cruzarse con Mazarino en uno de los pasillos de palacio, su mirada se ensombreció y murmuró al oído de Catherine:

—¿Sabéis por qué amo tanto las plantas?

—No.

—Porque ellas no pretenden ser lo que no son.

Por fin, Geneviève volvió. Pero el viaje de regreso había sido tan agotador que decidió guardar cama algunos días antes de aparecer por la Corte. De momento, prefería no recibir a nadie, ni siquiera a su nieta:

No creas que no estoy impaciente por verte, pero quiero que nuestro reencuentro sea una fiesta. No una visita a un enfermo.

Pasó una semana, durante la cual Catherine aguardó en vano la aparición de Geneviève. Hasta que una noche en la que volvía de una sesión de cuidados se encontró con la manilla de su puerta embadurnada con excrementos y fue como si un dique se rompiera.

La amistad de Monsieur Vallot, las bellezas del palacio y las hermosas notas de Monsieur de Cambefort no pudieron ya retenerla. Unos minutos más tarde se iba de allí, con una pañoleta en la cabeza y *La Farmacopea general* bajo el brazo, a reunirse con el único ser que hasta entonces la había amado y al que nunca debió dejar.

XVII

Había atravesado la ciudad como quien vuela, se había reencontrado con emoción con el barrio de su infancia, y esa emoción aumentó al encontrarse ante la fachada de la casa de Geneviève. En el primer piso brillaban las luces. Con el corazón acelerado, alzó la aldaba que, al caer, resonó en la noche durante un buen rato. Pasaron unos minutos. Cuando iba a volver a llamar, la puerta se entreabrió. Creyó desfallecer. Ante ella no estaba Françoise, ni Geneviève. Era Pierre Beauvais, su marido. Estaba tocado con una peluca corta y llevaba una chaqueta de terciopelo verde con ribete plateado.

—¡Pierre! Pero... ¿qué haces tú aquí?

—¡Vaya!... Catherine...

—¿Qué haces aquí? —repitió Catherine.

Pierre sonrió.

—Se acabaron los tejidos. Ahora trabajo para tus padres.

—¿Te estás ocupando de Geneviève? ¿Está enferma?

La sonrisa de Pierre se amplió.

—Geneviève...

Fue entonces cuando, por encima del hombro de Pierre Beauvais, Catherine reconoció a su padre que avanzaba por la escalinata del patio interior con un candelero en la mano. Estaba vestido con una bata adamascada y unas zapatillas tejidas con oro.

—¿Quién está ahí, Pierre?

Mediante un brusco empellón, Catherine se plantó en el patio.

—¡Con cuidado! —dijo Pierre, que, con el empujón de Catherine, había dado con sus posaderas en el suelo.

—¡Padre!

—¿Catherine?

Ella no le dejó ni tiempo para que siguiera interrogándola.

—¿Qué es lo que ocurre? ¿Dónde está Geneviève?

—¿Geneviève?... Pues, es decir...

Una voz les hizo levantar la cabeza.

—¡Hace cinco días que Geneviève murió!

Era Marie, que, al oír voces en el patio, había asomado la cabeza por la ventana de su habitación, en el primer piso. Su gorro de noche encajado hasta las orejas le daba el aspecto de una vieja lechuza.

Catherine se tambaleó como si hubiera recibido una bofetada.

—¿Muerta? Pero... ¿qué ha pasado?

Michel hizo un gesto vago.

—Vete a saber... La vejez...

—O las pulardas —se burló Marie desde lo alto de su ventana.

—¿Por qué no me habéis avisado? ¿Y Françoise?

El reloj del salón dio las once.

—¿Has oído, Catherine? —dijo Marie, levantando un dedo—. Es tarde. No estaría bien que la reina se preocupase...

—Y luego, dirigiéndose a Pierre—: Pierre, acompañad a Catherine. Mi señora hija, vuestra esposa, debe volver al Louvre.

—Será un placer, señora.

Catherine no ofreció ninguna resistencia cuando Pierre la agarró del brazo. Aquella casa ya no era para ella más que un montón de piedras; una tumba a la que unos vivos habían desembarazado de su muerto para establecerse en ella. Justo antes de volver a cerrar la puerta, Pierre le soltó:

—¡Mis recuerdos a Fabregue!

La puerta se cerró de golpe y, como si todo aquello no fuera suficientemente triste, se puso a llover.

Caminó al azar por las calles durante horas, indiferente a las trombas de agua que le caían encima. En medio de aquella noche informe y embarrada se abría paso una pregunta que no dejaba de agobiarla: ¿adónde iría ahora? Sin ni siquiera darse cuenta, atravesó el barrio dormido de Les Halles, en el que las ratas imponen su incesante actividad, remontó la Rue Montorgueil sin toparse con alma viviente alguna, y fue a dar con la muralla del norte de la ciudad, no lejos del lugar al que habían ido a encallar todos los hombres y todas las mujeres que la sociedad no había sabido digerir y en el que habían construido su propia ciudad con desechos: carruajes sin ruedas, carromatos atascados, chozas hechas con planchas o con ramas, cuchitriles con tejados de paja, cabañas de listones perforados. La lluvia había cesado. Entre las nubes, la luna alumbraba aquel extraño imperio de lívidos tablones. En medio de semejante mundo que, un día, el poeta calificó de «verruga repelente en la cara de París» se encendió de pronto un inmenso fuego, y se hubiera podido creer, al ver aquellas llamas gigantescas bailar bajo la luna, que salían directamente de las profundidades del infierno.

Ante ese fantástico espectáculo, y sin llegar a comprender el porqué, rebrotaron en el alma de Catherine la melodía y las palabras de una canción que le gustaba cantar a Geneviève mientras ella le administraba sus enemas: «Que me alcance a mí la muerte / en medio de un gran banquete. / Bajo el mantel se me entierre / entre cuatro grandes fuentes...». No pudo contener las lágrimas. Geneviève... ¿La habría llamado en el momento de su muerte? ¿Habría buscado su mano?

—Mira por dónde, la burguesa... ¿Qué, de paseo?

Catherine dio media vuelta. Surgiendo del cobijo de un pórtico chorreante, un hombrecillo ventrudo como un cofre y tocado con un inmenso y blando sombrero se acercaba hacia ella con un farolillo en la mano y un gran bastón en la otra.

—Yo... —balbució Catherine.

Pero algo le dijo que de nada serviría explicarse. Quiso huir, pero era como si sus miembros se hubieran convertido en plomo. Entonces no supo hacer otra cosa sino cubrirse la cara con la pañoleta y cerrar los ojos. Un insoportable olor a perro mojado y a vino malo invadió repentinamente sus fosas nasales.

—¿Qué pasa, se te ha comido la lengua el gato? —dijo el hombre.

Tras el pañuelo y los párpados cerrados, ella adivinaba la lámpara que pasaba y repasaba ante su rostro.

De pronto, el hombre le arrancó la pañoleta. Catherine no gritó. Fue él quien lo hizo:

—¡Santo Dios!

Ella abrió los ojos y tuvo justo el tiempo de ver al hombre y su farolillo desaparecer en la noche. No esperó más. Se levantó las faldas y huyó tan deprisa como se lo permitieron sus entumecidas piernas.

Cuando, de madrugada, llegó a palacio con el rostro cansado y las faldas embarradas, los guardias no le preguntaron nada. Pero esa noche no dejaba de comentarse que, la noche anterior, Catherine había salido de palacio para ir a bailar el aquelarre con las brujas del cementerio de los Inocentes.

XVIII

Durante varios días, Catherine arrastró su tristeza como se
lleva a un perro de la correa. No dejaba de darle vueltas entre
sus dedos al pequeño diamante que le había dado Geneviève.
Y esa tristeza se transformaba en cólera cuando imaginaba a
su padre y a su madre acomodándose en la casa de su infancia,
abriendo los armarios de Geneviève, comiendo en su bonita
vajilla de porcelana y cobijándose entre sus sábanas que olían
tan bien a polvo de violetas.

Luego, una tarde que estaba buscando un libro en la biblioteca de Monsieur Vallot, se encontró con el *Manual* de Epicteto,
metido entre un tratado sobre fumigaciones y otro sobre las
virtudes de las pasifloras. Y leyó en él estas líneas que ya había
olvidado y que la conmovieron:

> Con respecto a toda fantasía perturbadora, júzgala conforme a
> las reglas que posees, y muy en primer lugar, conforme a la si-
> guiente: ¿pertenece a la categoría de las cosas que dependen de
> nosotros o a la de las cosas que no dependen de nosotros? Y si
> pertenece a la categoría de las cosas que no dependen de noso-
> tros, ten preparada esta respuesta: «Eso a mí no me atañe».
> Deja por tanto de dirigir tu aversión hacia todo aquello que

no depende de nosotros y establécela sobre las cosas contrarias a la naturaleza que dependen de nosotros.

Durante varios días, meditó sobre esas frases como quien retiene un enema. ¿Iba a seguir mucho tiempo deprimiéndose y maldiciendo las cosas que ya no podía cambiar? Lentamente, el enema cumplió su papel. Una mañana, la decisión quedó tomada: volviendo la espalda a maledicencias y burlas, olvidando a sus padres, dedicaría todas sus fuerzas y toda su ciencia al servicio de la reina, esa mujer que, cada vez que la veía aparecer, la recibía con una sonrisa y cuyos males le proporcionaban la única razón para estar en el mundo.

Esa resolución, que tomó en lo más secreto de su alma, fue una bendición para la reina. Pues, algunas semanas más tarde, esta última comenzó a sufrir pruritos vaginales y ardores urinarios.

Hurgando en *La Farmacopea general* y en los libros de Monsieur Vallot, combinando, como era su costumbre, saber e intuición, Catherine puso a punto toda suerte de pociones y cremas. Se trataba de sorprendentes combinaciones de plantas medicinales y cortezas ligadas con clara de huevo, de decocciones de brezo mezclado con tomillo, ajo, propóleos o miel rosada, que habrían hecho que se les erizara el pelo bajo sus pelucas a los señores de la Académie Montmor, pero que, más de una vez, obraron prodigios.

XIX

Sin duda alguna, Catherine habría pasado el resto de su vida purgando el vientre de Ana de Austria bajo las miradas asqueadas de Mazarino y de los cortesanos —y nuestra historia habría acabado ahí— si una noche de febrero de 1654, cuando volvía de una sesión de tratamiento, no se hubiera encontrado con una nota pasada bajo su puerta y que, en esa nota, en lugar de los dibujos obscenos y los insultos habituales, no hubiera leído:

¿Querríais encontraros conmigo mañana por la noche en el jardín, después de vuestro servicio, detrás de la estatua de Latona? Necesito hablaros. Un amigo.

Se quedó atónita un buen rato ante aquel mensaje, un poco como quienes, al ver venir hacia ellos a alguien que les sonríe, vuelven la cabeza pensando que la sonrisa está dirigida a otro. ¿Cómo es que aquellas líneas podían estarle destinadas? El autor de aquella nota, o su emisario, debía de haberse equivocado de puerta. A menos que —su ceño se frunció— se tratase de una maldita broma, por no decir de una emboscada... En su alma, sin embargo, algo se puso a soñar. *Amigo*. Esa palabra tan agradable, que no podía dejar de leer y releer, tenía, por encima de sus dudas y sus temores, virtudes emolientes. ¿Era realmente posible que alguien, allí, la necesitara?

Pasó todo el día siguiente dándole vueltas, tras su inmensa frente, a esa extraordinaria pregunta, y buscando ingenuamente a su alrededor el rostro de aquel que se decía su amigo.

Y numerosos cortesanos, viéndola parecer tan atormentada, sin parar de echar vistazos furtivos aquí y allá, no dejaron de preguntarse si las flatulencias de su ama no habrían acabado por apoderarse de su cerebro.

Llegada la noche, envuelta en un abrigo de lana, Catherine bajó al jardín desierto, con el ojo y el oído bien alertas.

Su sorpresa fue inmensa al descubrir al hombre que la esperaba tras la estatua de Latona. A pesar de que solo se había cruzado con él en raras ocasiones, lo reconoció de inmediato. Hay que decir que el marqués de Aubignac, el flamante nuevo capitán de los guardias de corps del rey, difícilmente pasaba inadvertido por pasillos y jardines, con su talla esbelta, sus penetrantes ojos azules y su hermoso bigote con las puntas hacia arriba.

Pero Catherine no tuvo tiempo de hacerse muchas preguntas. El marqués ya se precipitaba hacia ella, con los brazos extendidos.

—¡Gracias a Dios! Habéis venido...

Ella miró a su alrededor para ver si en las sombras se ocultaba gente con palos, esperando oír risas ahogadas, el frufrú de sedas. Pero únicamente vio la noche, y no oyó otra cosa que el discreto ruido del viento deslizándose entre las ramas y que la hacía estremecerse.

El marqués la condujo a un banco de piedra iluminado por un rayo de luna. En las ventanas de palacio se extinguían las últimas luces. Él se sentó junto a Catherine, tan cerca de ella que le hizo sentir cosquillas en el hueco de la oreja con su bigote a la vez que su perfume de vetiver. Él murmuró:

—Ah, señora...

Y al oír que la llamaba «señora», ella, que desde que había llegado a palacio no había oído otra cosa que «Cateau», cuando no «la cosa», se ruborizó ligeramente y enderezó la espalda.

De pronto, el marqués se arrodilló a sus pies y le cogió las manos.

—Solo vos podéis ayudarme...

Desconcertada por la visión de aquel hombre arrodillado ante ella, emocionada por aquellas manos viriles que aprisionaban las suyas, apenas pudo articular:

—Os escucho...

El marqués inspiró profundamente y, luego, con un hilo de voz:

—Yo amo...

Catherine se sobresaltó.

—¿Vos amáis...?

—¡Oh, señora! Locamente, perdidamente...

Ella volvió a mirar a su alrededor. Nada. Y de pronto su corazón se puso a latir un poco más deprisa. ¿Sería posible que...?

—¿Y... a quién?

—Juradme no burlaros de mí.

—Os lo prometo.

—Pues es que... Yo... A la reina.

El bonito sueño de Catherine se derrumbó tan deprisa como se había construido. ¡Ingenua Catherine! ¿Cómo había podido creer que aquel hombre podía haberse enamorado de ella, que su fealdad podía despertar tan bello sentimiento?

—¿La reina? ¿Estáis bromeando?

—Oh, señora, si supierais...

Y allí mismo se puso a contarle la pasión que le devoraba desde que había llegado a la Corte. Dijo que ello nada tenía que ver con el hecho de que ella fuera reina, ¡ah, no!, sino con sus ojos verdes, sus cabellos rubios, su curioso acento en el que se confundían la «u» y la «ou» francesas... Y hablaba y no dejaba de hablar, y ella se preguntó cómo aquel hombre, por encantador que fuera, había podido imaginarse que la reina podía, algún día, caer en sus brazos. ¿Se ha visto alguna vez a alguna reina enamorarse de un marqués?

Ella salió de sus reflexiones, pero él seguía hablando. Ahora decía que «el amor es como respirar: no se puede prescindir de él», se comparaba con Paris enamorado de Helena (o de Penélope, no sabía ya muy bien). Ella le cortó.

—De hecho, señor. ¿Qué esperáis de mí?

—Pues... —dijo él metiendo una mano en el bolsillo—. Vos, que la conocéis tan bien, ¿no podríais entregarle esta nota de mi parte?

Ella la leyó:

A Su Majestad la reina.
Señora:
Si me atrevo a escribiros hoy,
es porque esta carta dirá mejor que yo lo que quiero deciros.
Cada vez que os veo late mi corazón. Os adoro con fervor.
Una sola palabra vuestra me colmaría de felicidad.
Vuestro fiel Charles Mathurin d'Aubignac.

Catherine levantó la cabeza. Si esperaba seducir a la reina con aquel pobre manojo de palabras...

—¿Por qué yo?

Él suspiró:

—¿Quién sino vos?

Y Catherine creyó adivinar, en ese suspiro, que todas las demás, antes que ella, habían rechazado hacerlo.

Y añadió:

—Si aceptáis, os daré dos luises.

Por un momento, ella pensó en dejar que aquel patán se las apañara por su cuenta con su amor descabellado. ¿Por quién la tomaba? Y además, ¿por qué iba ella a ayudarle? ¿No le había sorprendido ya desviando la mirada a su paso? Sin contar con el peligro que supondría involucrarse en aquella ridícula historia. ¿Qué pasaría si la reina o Mazarino se enteraban de que ella se había dedicado a hacer de alcahueta?

Pero una vez llegado el instante de expresar su rechazo, una emoción le hizo de pronto cambiar de opinión: la que le encogía el corazón esos días en los que ella no hablaba con nadie; la que, cuando el cielo se ponía muy gris, llegaba incluso a hacerla dudar de sus razones para seguir viviendo. Qué importaba que aquel hombre la amase o no; qué importaba que quisiera servirse de ella para seducir a otra; qué importaba el peligro. No volver a sentirse sola, no volver a marchitarse, aunque solo fuera por un instante, en el infierno que implicaba esa palabra.

—¿Aceptáis ayudarme? —preguntó el marqués, inquieto ante el silencio de Catherine.

Ella deslizó el papel dentro de su corpiño y se puso en pie.

—Guardad vuestro dinero, señor. Veré lo que puedo hacer. Pero no os garantizo nada.

Y él, agarrándola del brazo antes de que se fuera:

—Os lo suplico, señora... No defraudéis a un alma que sufre.

De regreso en su habitación, Catherine permaneció largo rato mirando la nota del marqués. Pensaba: «Hay personas, de todos modos, que no tienen miedo de nada». Pero cuando se disponía a arrojar el papel a la chimenea, no pudo evitar sentirse un tanto emocionada por aquellas pobres líneas escritas con la tinta del corazón. Desarrugó la nota y, en el reverso, como para hacerse perdonar el haberse reído de él, reescribió el poema para ella misma, tal y como le hubiera gustado recibirlo:

Señora, si me atrevo, con temerosa pluma, a dirigiros estas pocas palabras, es porque ellas os dirán, mejor que mis labios, lo que quiero deciros. Que sería feliz si, mediante algún sortilegio, pudierais ver a través de mí. Descubriríais un corazón que, cada vez que os ve, comienza a latir a un ritmo que jamás habría sospechado. Al mayor enemigo que tenga yo en el mundo lo amaría como a mi vida si aquí me dijera: «Corred, señor. La señora os espera». Y por si aún hacía falta que os lo dijera: una palabra vuestra sería de exquisita dulzura para un alma que se congela al no haber sido comprendida todavía.

XX

Durante cerca de un mes, casi todas las noches después de cumplir con su servicio, Catherine iba a reunirse con el marqués, ya fuera detrás de la estatua de Latona, al abrigo de las miradas, o en las buhardillas del palacio, al abrigo del viento o de la lluvia. En cada ocasión, ella le contaba qué acontecimientos le habían impedido entregar su nota. Cuando no era por culpa de los rentistas del ayuntamiento, que reclamaban el pago puntual de sus rentas, era la renovación de los aposentos de Su Majestad, el proceso por rebeldía del príncipe de Condé, que se había pasado al servicio de los ejércitos de España; cualquier cosa...

—¿Arrojaría yo vuestro hermoso amor en medio de todas esas vulgaridades, señor marqués?

A veces, de vuelta en su habitación, se reprochaba burlarse de aquel hombre al que el amor hacía tan vulnerable. Pero ese sentimiento duraba poco. Nunca, durante sus encuentros, se interesaba por ella el marqués; nunca le hacía la menor pregunta sobre su vida, sobre sus sentimientos, sus sueños, sus esperanzas. Solo le importaba él, su nota, su amor, que, decía, le roía el corazón como lo haría un ratoncito dentro de una caja. ¡Al diablo con la culpabilidad! Por una vez que su vida era algo distinto a una sucesión de días sin forma ni sabor...

Por desgracia para ella, al cabo de un mes la paciencia del marqués comenzó a llegar a sus límites. Una noche lo encontró tan descorazonado de esperar que sintió miedo. Si él se resignaba, o si se le ocurría otro medio de acercarse a la reina, se habrían acabado las horas en las que ella se olvidaba de estar triste. Entonces, sin pensarlo mucho, le dijo que esa misma mañana había depositado su carta en el cuarto de aseo de Su Majestad y que, por la tarde, había sorprendido a esta última hablando de él con Madame de Lignerolles.

—¿De mí?

—De vos.

—¿Qué decía? ¡Hablad, os lo suplico!

—Pues... Decía que...

—¿Que qué?

—Que os encontraba interesante. Eso mismo.

¡Ah! Esa noche la alegría del marqués fue digna de verse. Incluso le hizo falta a Catherine no poca fuerza de persuasión (y de brazo) para impedirle que se precipitara de inmediato hacia los aposentos de la reina.

—El corazón de la señora es como un animalillo salvaje —le dijo para retenerlo *in extremis*—. Habiendo salido apenas de su madriguera haríais que se volviera a ella. Os lo suplico, señor marqués, no lo estropeéis todo de golpe.

Esa noche a Catherine le costó mucho dormirse. El violento arrebato del marqués no paraba de inquietarla. ¿Qué necesidad había tenido de contarle esas tonterías? ¿Qué pasaría si un día cercano (¿mañana?) aquel loco iba a arrojarse a los pies de la reina? Pero ¿cómo volver atrás? ¿Cómo hacer decrecer en el corazón del marqués aquel fuego que ella misma había atizado?

Se levantó, abrió la ventana de su habitación y, elevando el rostro hacia el cielo, pidió ingenuamente a Geneviève que le dijera que no estaba corriendo un riesgo. Pero la noche permaneció muda y negra.

Y lo que tenía que ocurrir, ocurrió. Pero no del todo como pudiera esperarse.

Dos días después, a última hora de la tarde, cuando volvía de un concierto de Monsieur de Cambefort durante el cual no había hecho más que pensar en el marqués y en la manera de hacerle renunciar a su amor, se encontró con la puerta de su habitación entreabierta. Primero creyó que se había olvidado de cerrarla, pero su estupefacción fue inmensa al descubrir que alguien había estado allí. Habían revuelto por todas partes: en los armarios, en los cajones de su mesilla de noche, detrás de las cortinas, en sus cofres... Todo estaba patas arriba.

De pronto oyó tras ella una voz que la hizo sobresaltarse.

—¿Cuánto tiempo hace que trabajáis para el cardenal de Retz, Madame Beauvais?

Era Toussaint Rose, el secretario de Mazarino. Le flanqueaban tres guardias armados.

—¿Qué decís?

Rose se acercó a ella. Sus ojos brillaban con tanto desagrado como desprecio.

—Os pregunto cuánto tiempo lleváis haciéndole el juego a ese traidor de Gondi.

—Pero si... yo no le hago el juego a nadie.

—Entonces, ¿cómo explicáis esto? —gruñó Rose, sacando un papel de su bolsillo.

Era el poema que ella había reescrito en el dorso de la nota del marqués.

—Esta es vuestra letra, ¿no es cierto?

—Sí, pero...

Rose la interrumpió con un gesto. Y, volviéndose hacia los guardias, ordenó:

—Lleváosla.

Catherine se quedó tan estupefacta que ni siquiera pensó en defenderse. Durante un momento, creyó que los guardias la conducían ante la reina. Pero después de haber atravesado la sala de los festejos bajo las miradas desconcertadas de los cortesanos, en vez de girar a la derecha, se dirigieron hacia la izquierda y abrieron una pequeña puerta disimulada que daba a una estrecha escalera de piedra en espiral. Su pregunta «¿Adónde me lleváis?» obtuvo, por toda respuesta, unas risotadas.

Llegados al pie de la escalera, alumbrada por unos farolillos cuyas mechas estaban bañadas en una grasa maloliente, durante varias decenas de metros recorrieron un pasillo, de techo bajo y rezumante de humedad, hasta detenerse ante una puerta de madera con una enorme cerradura.

—Ya estamos —dijo uno de los guardias, hurgando en su manojo de llaves.

Catherine no tuvo tiempo ni de abrir la boca. Tras un brusco empujón en los hombros, se vio propulsada al centro de una pequeña habitación de paredes enmohecidas. La puerta se cerró tras ella y se volvió a encontrar sola, en medio del silencio, el frío y las tinieblas.

MONSTRUOS

A Catherine le costaría decir cuánto tiempo estuvo encerrada en su celda. Pues en la tiniebla absoluta también las horas acababan por desaparecer. Postrada en una esquina de aquel habitáculo, trataba en vano de comprender qué le había pasado.

Por fin se oyeron unos pasos. Chirrió una llave en la cerradura y en la puerta apareció el cardenal Mazarino. Estaba acompañado por Rose y por dos guardias que llevaban antorchas. Pasado el estupor por verle aparecer, Catherine se precipitó hacia él.

—¡Monseñor! ¿Vais a decirme qué ocurre?

Mazarino la miró con tanto desdén como repugnancia. Su cara estaba amarilla.

—Lo sabéis muy bien.

—¡Lo ignoro todo! ¡Os lo juro!

Una sonrisa maligna partió el rostro de Mazarino.

—¿Osaríais pretender que no os encontráis con el marqués de Aubignac casi todas las noches detrás de la estatua de Latona o en las buhardillas de palacio?

—¿Con el marqués? Sí, pero...

—¿Y que no sabíais que había sido comisionado por el cardenal de Retz para tratar de expulsarme del favor de la reina?

El ojo de Catherine se abrió como un plato.

—¿Expulsaros? ¡Nada de eso! ¿Cómo habría podido saberlo yo?

Mazarino la interrumpió con un gesto.

—Ya basta. Os espera un coche. Os conducirá al convento de las Hijas de Dios de Gentilly donde tendréis todo el tiempo para meditar sobre el sentido de la palabra «traición». Y dad gracias a la reina. A ella le debéis no acabar vuestros días entre estas cuatro paredes.

Para Catherine, esto último fue como si se le cayera el cielo encima.

—¡Se trata de un malentendido! ¡De un terrible malentendido! ¡Interrogad al marqués de Aubignac!

Mazarino, que se alejaba ya por el pasillo, le contestó:

—Ese cobarde ha sido más inteligente que vos. Ha huido
cuando íbamos a detenerle.

—¡Dejadme que hable con la reina!

—Será mejor que os deis prisa en recoger vuestras cosas
—se interpuso Rose.

—Pero...

—El cochero se impacienta, Madame Beauvais...

El clamor del destierro de Catherine se extendió rápidamente por todo el palacio. Si bien los menos informados se perdían en conjeturas, a los demás, entre los cuales figuraban los
miembros del pequeño cenáculo de Madeleine de Scudéry, les
parecía increíble que hubiera podido conspirar contra Mazarino.

—A tal cuerpo, tal alma —pregonaba Madame de Sévigné—. Os lo he dicho siempre, amigos míos.

—Aun así —se asombraba Monsieur Pellisson—, ¿quién
hubiera podido pensar que esa cosa tenía conciencia política?

—¿Cómo puede el cardenal de Retz seguir intrigando tras
los muros de su prisión en Nantes? —se encolerizaba, por su
parte, Monsieur Conrart atiborrando nerviosamente de tabaco
su nariz—. ¡Es increíble!

—¿Y Aubignac?

—Ha volado. Cuando han llegado los guardias, su aloja-
miento estaba vacío.

—En todo caso, espero que el exilio de esa traidora sea menos suave que el que parece disfrutar su maestro —rechinó
Monsieur de Pomponne.

—He oído decir que ha sido enviada a un convento...

—Pobres monjas. Espero que no se enfaden con nosotros por enviarles nuestra basura...

XXI

Durante varias semanas, Catherine arrastró su estupefacción por todos los rincones del convento de las Hijas de Dios de Gentilly. Aquel enorme tugurio húmedo y helado en el que vivía una treintena de monjas silentes pronto se le hizo más insoportable que una cárcel. Pues al menos en prisión no te despiertan cada noche a las tres de la mañana para ir a una capilla con las paredes corroídas por el salitre y cantar alabanzas a un Dios que, después de haberte impedido entrar en su casa, te encierra en ella a cal y canto por una falta que no has cometido.

Sin contar con que, además, la priora, Mathilde de Saint-Rouget, una bizca amargada que tenía siempre en la boca la palabra «pecado», hacía que reinara el infierno sobre la pequeña comunidad. Ella vigilaba las idas y venidas de cada una, pasaba lista varias veces al día, administraba justicia a golpe de palo y, de noche, hacía la ronda por el dormitorio para ver si todas dormían con las manos dócilmente posadas sobre las mantas.

La mañana de la llegada de Catherine hizo que esta fuera a su despacho, una habitación desnuda como la miseria, y, dando vueltas en torno a ella como un perro en torno a una estaca, disimulando apenas su repugnancia, le dijo:

—Aquí hay que respetar tres reglas: el silencio, la humildad y la obediencia. Y exijo que sean respetadas plenamente. Sor

Constance, la provisora, os entregará ahora un vestido de sarga y os explicará cómo se organiza cada jornada. Entretanto, os pido que me entreguéis todos los libros que habéis traído.

—¿Mis libros? Pero...

—No os preocupéis —le dijo Mathilde de Saint-Rouget dándole una Biblia—, este contiene todos los demás.

Cuando Catherine, antes de salir, le pidió papel y pluma para poder escribir a la reina, la priora se contentó con levantar los ojos al cielo y encogerse de hombros.

Comenzó entonces la larga sucesión de los días sin sol. Esperó mucho tiempo una carta que le dijera que el marqués de Aubignac había sido detenido, que había confesado todo y que ella podía volver a palacio. Todas las mañanas era la primera en presentarse en el refectorio, donde Mathilde de Saint-Rouget procedía a la distribución del correo. Pero la lista de nombres se agotaba y nunca había nada para ella.

Las horas, si bien ocupadas por mil pequeñas tareas que iban desde el mantenimiento de las zonas comunes al del jardín, pasando por la cestería y la costura, eran interminables.

Todo era gris: el suelo, los muros, los tejados, el cielo.

Al menos las monjas la dejaban en paz. Si a su llegada se había cruzado con miradas furtivas y había sorprendido algunos murmullos, muy pronto nadie se preocupó de ella. Era como vivir en medio de comediantes, encerrada cada una en su papel. Sor Marie de la Compasión, la *chantre*, pasaba los días, con los ojos medio cerrados, farfullando sus oraciones; sor Constance caminaba a pasitos lentos delante de ella, sin volver jamás la cabeza; sor Clothilde, la sacristana, no dejaba que nadie limpiara las estatuas de la capilla, en particular la del Cristo, cuya entrepierna desempolvaba soltando suspiros.

Una vez al día, las hermanas iban a sentarse en círculo alrededor de Mathilde de Saint-Rouget y, una a una, confesaban las faltas de las que se habían sentido culpables. Era un espectáculo desolador el escuchar a aquellas mujeres revelar sus miserables pecados: una se acusaba de haber roto un cántaro, otra de haber llegado tarde al oficio, otra más de haber tenido pensamientos turbios mientras daba cera a la rampa de madera de la gran escalera.

Sentada bien derecha en una silla de paja como una reina en su trono, Mathilde de Saint-Rouget escuchaba con gravedad antes de dictar sus sentencias. Cinco azotes de junco por el cántaro, tres por el retraso, diez azotes y ayuno de dos días a pan y agua por los pensamientos lúbricos... Cuando le llegaba su turno, Catherine solo contaba mentiras insignificantes. Desde que había nacido, Dios le había asestado ya suficientes azotes. No era necesario que una monja bizca, actuando en su nombre, le añadiera los suyos.

A fuerza de pasear su desconcierto por los infectos pasillos del convento y de esperar lo que no llegaba, su estupefacción se convirtió en rencor, el rencor en cólera, la cólera en rabia. Tres semanas después de su llegada, no podía ya vivir si no era apretando las mandíbulas y los puños. Aborrecía a todo el mundo: a los cortesanos, a Aubignac, a Mazarino, a la reina, a Mathilde de Saint-Rouget, a las monjas, a Dios. Todas estas figuras se le arremolinaban, se mezclaban, componiendo un cuadro horrible, plagado de muecas y de penumbra.

Por la noche, en el dormitorio, mientras las hermanas dormían y Mathilde de Saint-Rouget hacía lentamente la ronda de las camas, ella se imaginaba que atravesaba los pasillos del Louvre y que todos se arrojaban a sus pies, suplicándole que les perdonase y los quisiera.

Durante los oficios religiosos, mientras las oraciones y los cánticos —que no carecían de cierta gracia— iban a perderse bajo las oscuras bóvedas de la capilla, Catherine fijaba su mirada en la estatua del Cristo crucificado y lo colmaba de injurias.

Pasó la primavera, cargada de lluvia y viento, y luego el verano, seco y ardiente. De tanto ejercerla en el vacío, su cólera cedió el paso a la desesperación. Adondequiera que se volvía, el mundo estaba vacío de promesas. Todo era negro: el suelo, los muros, los tejados, el cielo.

Tal vez habría acabado por arrojarse al pozo si, un atardecer, a la hora de la confesión colectiva, sor Clothilde, temblando, no hubiera pedido la palabra:

—Esta mañana estaba en la capilla, limpiando la estatua de san Antonio, ya sabéis, la que está detrás del pilar, a la izquierda del altar, cuando he oído que se abría la puerta y... —señaló a Catherine con el dedo— ha entrado ella. No me ha visto. Se ha aproximado a la estatua del Cristo y ha dicho...

El horror le hizo poner los ojos en blanco.

—¿Y bien? —dijo Mathilde de Saint-Rouget—. ¿Qué ha dicho?

—Oh... —Sollozó sor Clothilde—. Unas palabras terribles... Tan terribles que me da miedo repetirlas.

—Será preciso, sin embargo. Decidlas.

—Ha dicho: «Puto Dios».

Los cinco días siguientes Catherine los pasó en el calabozo del convento, un cuarto minúsculo con las paredes blanqueadas con cal y una ventana con barrotes. Durante todo ese tiempo no vio a nadie ni oyó ninguna voz. La comida le era deslizada por una ventanilla abierta en la pared, por la que pasaba también el orinal.

Cinco días, ciento veinte horas, siete mil doscientos minutos que le hicieron olvidar las negras aguas del pozo. Cada segundo que pasaba era como una gota de sebo arrojada a las brasas de su nueva cólera. ¡Putas monjas cochinas! Pagarían por haberla encerrado allí dentro; les enseñaría, a aquellas mujeres que se tenían por santas, de qué mierda estaban hechas realmente. En cuanto ella saliera de aquella celda, se iban a enterar. En todos los sentidos.

XXII

Hacía tiempo que se había fijado en que en el trastero donde las hermanas confeccionaban cestos y escobas había un montón de cortezas de arraclán. Algo con lo que provocar un cólico a un rebaño de elefantes.

Solo unas horas después de que Mathilde de Saint-Rouget la hubiera liberado diciéndole: «A la próxima blasfemia, no serán cinco días los que pasaréis ahí dentro, sino diez», fue discretamente al trastero a llenar un saco con aquellas cortezas.

Esa misma tarde, cuando estaba de servicio en la cocina, puso a cocer esa recolección en medio de las otras marmitas.

Por lo general, es aconsejable no dejar en infusión las cortezas más de diez minutos, so pena de ver los intestinos transformarse en vía romana. Ella los dejó allí dos horas.

Llegada la noche, mezcló su cocción con la ritual tisana de salvia y tomillo. Luego esperó.

El espectáculo comenzó una hora más tarde, en el dormitorio, cuando todas las luces estaban apagadas.

Se inició, por el lado derecho, con un seco chasquido que provocó a algunas monjas una risa sofocada; después, procedente de la izquierda, le respondió una cadena de pequeñas explosiones, pronto alcanzadas, y viniendo un poco de todas partes, por lamentables y desmayadas flatulencias. De pronto se produjeron ruidos de pasos precipitados, la puerta del dormitorio se abrió, se volvió a cerrar, se volvió a abrir, se cerró de nuevo. A veces, ciertos aromas cosquilleaban las fosas nasales de Catherine. Donde el común de los mortales no habría distinguido otra cosa más que un hedor inmundo, su entrenada nariz reconocía fragancias de carroña, pizcas de bodega húmeda, perfumes de azufre o de champiñones. Todos esos matices pútridos describían mejor que un libro las diferentes afecciones intestinales que padecían aquellas mujeres mal alimentadas.

Durante casi seis días, Catherine experimentó un gran placer haciendo que se interpretara su música olfativa. A nadie se le ocurrió sospechar de ella, ya que ponía mucho cuidado en simular que también ella padecía del vientre, así como en aportar con regularidad al conjunto su nota personal y maloliente. En ocasiones, se adelantaba a la carrera de monjas e iba a encerrarse en las letrinas, donde se quedaba largo rato, indiferente a las súplicas y a los puñetazos en la puerta.

Se acusó a la comida, al tiempo húmedo, a las cacas de ratón caídas en la sopa, y, como aquello no se acababa, se llegó a suplicar a Dios que pusiera fin a aquella fétida cacofonía. Pero como Dios, a pesar de esas imploraciones, no parecía darse prisa en conceder los deseos de sus siervas, fue a Catherine a la que, con el corazón roto, Mathilde de Saint-Rouget acabó por dirigirse.

—Vos, que habéis estado al servicio de los intestinos de la reina... ¿No tendríais un remedio para el mal que nos aflige?

Catherine ponderó durante un instante a aquella mujer que ahora tenía ella a su merced.

—Si tuviera uno —le mintió—, créame que sería la primera en administrármelo...

—Oooh —gesticuló Mathilde de Saint-Rouget, sujetándose el vientre—, ¿qué va a ser de nosotras?

Su rostro estaba verdoso. Y Catherine de pronto se dio cuenta de que podía hacer que se volviera aún más verde.

—A no ser... —insinuó.

La mirada de Mathilde de Saint-Rouget se encendió.

—¿A no ser qué?

—A no ser que me devolváis mis libros.

—¿Vuestros libros?

—En el lote hay dos o tres libros de medicina. Tal vez ahí descubra algún tratamiento... Puesto que, ¿sabe?, por mucho que haya buscado en la Biblia, no he encontrado nada sobre el modo de curar los cólicos...

Mathilde de Saint-Rouget la atravesó con la mirada. Quiso hablar, pero Catherine no le dio tiempo a que lo hiciera.

—Ah, y además también necesitaré papel y pluma. Debo escribir a la reina.

Una hora más tarde, Catherine se encontraba con sus libros y con un pequeño estuche de escritura sobre su cama. Por la noche había una marmita menos sobre el fuego de la cocina y Catherine preparaba una falsa medicación bajo la mirada ojerosa e impaciente de las monjas. Al día siguiente, mientras estas últimas se maravillaban al producir de nuevo deposiciones bien moldeadas, y el convento recobraba su insípido olor mohoso, ella confiaba a Mathilde de Saint-Rouget la carta que destinaba a la reina y a Mazarino: una larga misiva en la que les explicaba cómo la soledad lleva a veces a cometer funestos errores, y donde les garantizaba su fidelidad y les suplicaba que le concedieran una segunda oportunidad.

XXIII

Una tarde de diciembre en la que había sido encargada, junto a la hermana Josepha, la bibliotecaria, de quitar el polvo al gran retablo de madera oscura de la capilla que reproducía la vida de Jesús desde su nacimiento hasta su muerte, la voz de sor Josepha se elevó en el silencio.

—La escena que más me gusta es esta de aquí —dijo.

Era la primera vez, después de un año, que Catherine oía su voz.

Se acercó a ella. La escena ante la que sor Josepha estaba en éxtasis con su escoba representaba un episodio de la pasión de Cristo. El artista había cuidado los detalles. Se veía bien cada personaje, cada casa, hasta el menor guijarro o brizna de hierba. Se veía sobre todo a Cristo que cedía bajo el peso de su cruz y ponía una rodilla en tierra en medio de una multitud de curiosos y de soldados burlones. Había, en el rostro de ese Dios hecho hombre, una lasitud tan grande, una soledad tan profunda, que de pronto le pareció como si se viera en un espejo. Ella conocía el peso de esa cruz que le aplastaba: ella llevaba la misma desde que había nacido. A esa multitud que se afanaba por verle sufrir también la conocía. Y se preguntó por qué ese Dios cuyo sufrimiento ella comprendía tan bien se mostraba tan indiferente ante el suyo.

El caso es que, desde ese día, nació una amistad (la palabra tal vez es un poco excesiva, digamos una complicidad) entre Catherine y sor Josepha. Al principio discreta, y que se manifestaba por algunas sonrisas o gestos furtivos durante las comidas y los paseos, pero que, pasado un tiempo, se transformó en largas conversaciones en cuanto Mathilde de Saint-Rouget volvía la espalda.

Era como si sor Josepha hubiera esperado largo tiempo a que alguien la sacara del silencio en el que la regla del convento la tenía encerrada. Si bien no hablaba nunca de los libros que tenía a su cargo (hasta el punto de que uno podría preguntarse si alguna vez había leído alguno de ellos), se encontraba a gusto contando cómo había sido su vida antes de entrar en el convento.

—Si supierais cuánto me gustaba bailar, Catherine —le dijo un día.

Era una tarde de diciembre. El cielo estaba oscuro y en el refectorio hacía un frío glacial.

—Ay, si me hubierais visto en casa del duque de Morenval, del brazo del marqués de Dunan padre, con mi bonito vestido de satén azul...

Sus ojos se perdieron en el vacío.

—Pero mis padres prefirieron enviarme al convento...

—¿Por qué? —le preguntó espontáneamente Catherine, sensible ante aquella injusticia.

Pero sor Josepha no le respondió y su mirada se ausentó todavía más.

La respuesta de la reina y de Mazarino tardaba.

Para distraer su espera, Catherine se dedicó a poner un poco de orden en la biblioteca de sor Josepha. La primera vez que entró en aquella habitación se sintió invadida por un tremendo olor a enmohecimiento. La mayoría de los libros estaban en un estado lamentable. Eran volúmenes sin tapas o con las páginas salpicadas de herrumbre, o legajos de pliegos agrupados sin interés alguno por su orden o su unidad.

—¿Para qué cuidar de unos libros por los que nadie va a preocuparse? —dijo sor Josepha, encogiéndose de hombros.

—No es porque las personas se desinteresen de algunas cosas por lo que estas dejan de tener valor —le respondió Catherine—. Vamos, ayudadme a quitar el polvo y a ordenar todo esto.

De vez en cuando, Catherine interrumpía su puesta en orden para zambullirse en la lectura de algún pasaje que la había atrapado.

—Escuchad esto, sor Josepha. Es de las *Elegías* de Ovidio: «Soy el libro de un pobre autor exilado; penetro ya tembloroso en esta ciudad: por favor, amigo lector, tiéndeme la mano, ya no puedo más de cansancio». Es hermoso, ¿no? Y aquí, en el *Formión* de Terencio: «Porque no se tiende la red al gavilán o al milano, aves que nos hacen daño, sino que se disponen para las que no hacen mal alguno».

Pero ante la mueca siempre dubitativa de sor Josepha, Catherine decidió guardarse para ella sola sus admiraciones.

Por fin, una mañana de febrero de 1655, cuando estaba leyendo en el *Gorgias* de Platón: «La injusticia no castigada es el principal y más grande de todos los males», Mathilde de Saint-Rouget se presentó ante ella, con la mirada torva y la nariz hinchada por un pertinaz resfriado. Tenía una carta para ella. Estaba firmada por la reina y contenía tan solo una palabra: «Volved».

XXIV

Al llegar al Louvre, Catherine se quedó doblemente estupefacta.

En primer lugar, el gran palacio de las maravillas que había dejado un año antes no era ya más que una inmensa zona
de obras. Los andamiajes ocultaban la mayor parte de las fachadas, buena parte de los tejados estaba recubierta de lonas,
y obreros cubiertos de polvo corrían en todas las direcciones
en medio de gigantescos montones de piedras, aparejos, ca-
rretas... Por todas partes sonaban gritos, silbidos, chirridos de
sierra y golpes de martillos sobre cinceles.

Su segunda sorpresa fue descubrir que su convocatoria
nada tenía que ver con la carta que había escrito.

En el carruaje que la llevaba al Louvre, atravesando los cam-
pos petrificados por la escarcha bajo un cielo como el hollín,
se había representado, morosa y deliciosamente, la escena: a
Mazarino, que le rezongaba una excusa, y a la reina, que tras
reprocharle un poco haber querido casarla con un marqués, le
perdonaba su falta y le ofrecía una joya, una renta, una sonrisa, algo para excusarse de haberla castigado con demasiada
dureza.

Pobre Catherine.

Cuando apenas había puesto un pie sobre el helado pavi-
mento del patio del palacio, un guardia la condujo a la carrera

hasta los despachos de Mazarino, en los que hasta ahora no había entrado nunca. Fue Toussaint Rose quien la recibió, con su bonete bien encajado en la cabeza y mitones en las manos. Estaba sentado junto a su mesa de trabajo, detrás de una montaña de expedientes. Con un brusco movimiento de mentón, señaló una pequeña banqueta.

—Monseñor va a recibiros.

Pasaron los minutos, durante los cuales solamente se oyó el crujir de la pluma de Rose sobre el papel y el ruido amortiguado de las obras. Catherine se preguntaba qué estaría haciendo Mazarino. Tal vez repetía el pequeño discurso incómodo que iba a soltarle... De vez en cuando, lanzaba una mirada hacia su secretario. A intervalos regulares, este empapaba su pluma en un tintero con forma de cisne con las alas desplegadas. Sus gestos eran secos, precisos, sin alma. Podría tratarse de un autómata.

Por fin sonó una campanilla detrás de la puerta.

—Es vuestro turno —dijo Rose sin levantar la cabeza y sin dejar de escribir.

La habitación en la que entró Catherine era extraordinaria. La temperatura era agradable. Un fuego crepitaba en una hermosa chimenea de mármol. Decenas de candelabros hacían brillar los dorados tanto de las puertas como los más lejanos de las molduras del techo. Los muebles se habían encerado, las alfombras y cortinas tenían un espesor increíble. Contra las paredes cubiertas de cuadros se alineaban sillones sobre los cuales se habían colocado pieles de animales. En una esquina, un joven efebo de oro se alzaba, sobre su pedestal de piedra, para iluminar el retrato de una mujer cuyo rostro era de una delicadeza incomparable. Al fondo de esta sala digna del palacio del rey Alcínoo, en pie y con los brazos cruzados, delante de un inmenso escritorio de caoba, la esperaba Mazarino. Su bigote y sus cabellos habían encanecido. Varias capas de maquillaje disimulaban a duras penas sus profundas ojeras.

—Si por mí fuera, estaríais todavía pudriéndoos en vuestro convento, Madame Beauvais —comenzó—. Habéis sido reclamada porque la salud de la reina se ha degradado bruscamente estas últimas semanas y ese imbécil de Vallot es incapaz de curarla.

—¿La señora está enferma? ¿Qué tiene?

—Lo ignoro. Yo no soy médico. Antes de presentaros ante la reina, iréis a ver a Vallot. Os lo explicará todo. Podéis retiraros.

Pero Catherine no se movió.

—¿Es todo?

—¿Cómo que si es todo?

—¿Y mi carta?

—¿Vuestra carta? ¿Qué carta?

—La que explicaba cómo el marqués de Aubignac...

Al oír este nombre, Mazarino se precipitó hacia ella, con los puños cerrados. Catherine creyó que iba a golpearla.

—¿Cómo te atreves a pronunciar ese nombre delante de mí, *stronza*?

—Creía que...

—¡Callaos! ¡Salid!

Cuando abandonaba la habitación, atónita ante el giro que habían tomado las cosas, Mazarino le espetó:

—Y tenedlo bien en cuenta: al menor paso en falso volvéis al lugar de donde habéis venido.

Fue a ver a Vallot maldiciendo a aquella pájara de Mathilde de Saint-Rouget, que debía de haber destruido su carta, y dándole vueltas a la amenaza de Mazarino. Que este hombre, un año antes, hubiera podido creer que ella maquinaba algo contra él, a fin de cuentas, podía comprenderlo; pero que hoy rechazara escuchar sus explicaciones la llenaba de rabia. Y también de inquietud: ¿de ahora en adelante debía pasar el resto de su vida temiendo regresar con las Hijas de Dios? Pero, logrando calmarse, se dijo: «Al diablo con este hombre y con su desconfianza. La reina sabrá escucharme».

Al empujar la puerta del laboratorio del maestro Vallot, estuvo a punto de caerse de espaldas. La habitación estaba literalmente desbordada de plantas. Los vegetales —entre los cuales figuraban el meliloto, las violetas, las pasifloras, el espino albar y la bardana— estaban por todas partes, como si fueran lianas, se enroscaban en las patas de las mesas, se agarraban a los pomos de puertas y cajones, trepaban por las paredes, obstruían las ventanas.

Necesitó un poco de tiempo para encontrar a Vallot. Acabó por descubrirlo, detrás de una fila de macetas de valeriana, inclinado sobre un alambique en el que hervía un extraño líquido verdoso. Había adelgazado bastante. Una gran barba gris le cubría la mitad del rostro. Parecía Merlín en su bosque de Brocelianda.

—Pero ¿qué ha pasado aquí?

—¿Eh? ¿Qué? —se sobresaltó Vallot. Y luego, con una fatigada sonrisa—: ¡Ah! ¡Catherine! ¡Por fin estáis aquí!

—¿Me vais a decir qué significa este jardín, Monsieur Vallot?

—¿Esto? —dijo Vallot mirando a su alrededor—. Pues..., cómo deciros..., he tenido algunos altercados con ese imbécil de Charles Bouvard, el superintendente del jardín real. Sería demasiado largo de explicar. Digamos que hoy por hoy prefie-

ro apañármelas yo solo antes que pedirle ayuda a ese meque-
trefe. Qué contento estoy de volver a veros, Catherine.

—Yo también, Monsieur Vallot.

—¿Os han dicho que la reina estaba enferma?

—El cardenal Mazarino acaba de hacérmelo saber. ¿Cuál
es su dolencia?

—Unas erupciones cutáneas que la hacen rascarse hasta
sangrar, así como lo que yo creo que es una micosis vaginal.

—¿No estáis seguro?

—Esa beata no me deja mirar debajo de sus faldas. Aunque
he conseguido calmar sus comezones untándola con un emplasto resolutivo a base de palma, de mucílago y de ranas, no
he podido hacer nada contra sus problemas íntimos. Estos la
incomodan enormemente. No puede estar más de unos pocos
minutos sentada en una silla sin empezar a retorcerse hacia todos los lados. Eso repercute en su humor... Sin duda los acontecimientos que se han producido durante vuestra ausencia han
tenido mucho que ver con la alteración de su estado de salud.

—¿Qué ha sucedido?

—¿Lo ignoráis?

—Donde yo estaba, sabéis —suspiró Catherine—, los muros eran muy altos y las aberturas muy pequeñas...

Vallot contó entonces que Luis había sido proclamado rey
en junio de 1654, en la catedral de Reims; que los españoles
habían sitiado Arrás en julio; que en agosto el cardenal de Retz
se había fugado de su prisión de Nantes gracias a una cuerda
disimulada bajo su casaca...

—Sin contar la locura que le ha dado a Mazarino de querer
juntar el palacio del Louvre con el de las Tullerías. Hace ya meses que vivimos entre todo ese polvo y ese griterío. —Luego,
sin transición y bajando la voz, como si temiera ser escucha-
do—: Sabed que siento una gran admiración por vos...

—¿Por mí?

—Osar desafiar a ese crápula de Mazarino como lo habéis hecho... ¡Qué valor! Qué locura también...

—Ah, pero no, no —protestó Catherine—. Yo...

Pero el médico la interrumpió. Posó una mano sobre uno de sus brazos y le dijo sonriente:

—Entiendo que prefiráis no hablar de ello ahora. Tal vez otro día. Pero creedme: soy, y ahora más que nunca, vuestro amigo.

Catherine le miró de soslayo. ¿Era sincero o bien Mazarino le había encargado que la investigara por si persistía en su animosidad? Ante la duda, tomó la decisión de que, en lo sucesivo, no se iba a dejar llevar por él a ese terreno.

—¡Ah, Cateau! —exclamó la reina al ver aparecer a Catherine en el marco de la puerta de la antecámara.

Su Majestad estaba rodeada de una decena de confidentes —entre los cuales Catherine reconoció a Madame de Lignerolles y a Julie de Saint-Bris—, y todos ellos abrieron unos ojos inmensos al verla aparecer. Con un gesto, la reina los despidió.

—Señora... —comenzó Catherine, inclinándose un poco.

Pero la reina no le dio tiempo a seguir. La agarró del brazo, la condujo a su habitación y, dejándose caer sobre el lecho, le dijo:

—Oh, Catherine, ya no puedo más...

Se arremangó el vestido, de donde se expandió un violento olor a pescado podrido.

—Mirad.

Catherine se inclinó y miró. La vulva hinchada de la reina exudaba un líquido blancuzco. Claramente se trataba de una micosis.

—Disculpadme, señora, pero ¿cuándo ha sido la última vez que os han examinado?

—Ya no lo sé. —Suspiró la reina desde el otro lado del repliegue de su ropa arremangada—. Es lo que pasa por tener de médico a un hombre. Horas de explicaciones nunca podrán sustituir a un vistazo experto. Vamos, no me mantengáis más tiempo en suspenso: ¿tenéis algún remedio que proponerme?

—Creo que sí. Un tratamiento a base de...

—¡Alabado sea Dios! —la interrumpió la reina, bajándose el vestido y aislando así los olores—. Poneos a trabajar ahora mismo.

Catherine quiso evocar el asunto Aubignac y el año que acababa de pasar, pero, súbitamente, el rostro de la reina se cerró con el hermetismo de una ostra. Agitando la mano como quien caza una mosca, farfulló:

—Ya estáis de vuelta. ¿No es eso lo esencial?

Cuando Catherine llegó a su habitación, furiosa por no haber sido escuchada por nadie, la esperaba ya una nota anónima pasada bajo la puerta, que decía así:

Madame, ainsi donc vous voici revenue
Égale à vous-même, en bonne lavandière,
Remettre l'œil et le nez dans vos affaires.
Des langues ont dit que vous n'aviez pas perdu la main.
Et nous non plus, voyez, cet acrostiche en est témoin.

(Señora, así que estáis aquí de vuelta
igual a vos misma, como buena lavandera,
volviendo a poner ojo y nariz en vuestras cosas.

Se ha dicho que no habéis perdido la práctica.
Y nosotros tampoco, ved: testigo de ello es este acróstico).*

Estas palabras, además de las dichas por Mazarino y las no dichas por la reina, consiguieron sumirla en la desolación.

* La introducción aquí del texto francés es imprescindible. De otro modo no podría leerse el acróstico al que hace alusión el poema, ya que pierde toda su virtualidad al traducirse al castellano. Efectivamente, las letras iniciales de sus versos forman el acróstico «MERDE». (N. del T.)

XXV

Encerrada en su laboratorio preparando sus ungüentos y sus polvos, o al recorrer los pasillos mientras recibía las miradas torvas de Mazarino y de los cortesanos, ya no pensaba en otra cosa que no fuera tomarse la revancha contra toda aquella gente que nunca había visto en ella más que una pieza del servicio o un objeto de repugnancia.

De momento, lo más urgente era ponerse al abrigo de las amenazas del cardenal. No le llevó mucho tiempo decidir cómo conseguirlo. Su ciencia, que era el motivo por el que la habían requerido, aquella ciencia de cuyas diabólicas virtudes había dado buena prueba con las monjas de las Hijas de Dios, sería su aliada: no contenta con inventar remedios para la reina, ella le inocularía regularmente alguna enfermedad benigna pero dolorosa, dejando que se fraguara durante algunos días antes de tratarla.

Por lo demás, tomó la resolución de hacer como hace la garrapata en busca del anfitrión que le proporcionará su alimento: esperaría con paciencia a que la oportunidad le pasara por delante para saltarle encima.

Lo que también se esforzó por hacer fue obtener de la reina el permiso de recuperar su puesto durante los paseos de la familia real.

—Puedo aseguraros que he aprendido bien la lección, señora —le dijo una mañana mientras le trataba el pequeño prurito vulvar que ella misma le había infligido dos días antes.

—De todas formas... Lo que hicisteis es grave, Cateau.

—Dios sabe, señora, cuánto me arrepiento de ello. Os prometo que ni vos ni monseñor Mazarino volveréis a tener motivos de queja conmigo. Por cierto, señora, ¿os parece eficaz mi pomada para esa escocedura?

—¿Que se pasee ella con nosotros? —había protestado Mazarino—. ¿Habéis olvidado lo que hizo?

—Si hablarais un poco con ella y si vierais cuánto empeño pone en curarme, señor, comprenderíais que ya no tenemos nada que temer.

—¿Y los cortesanos? ¿Qué van a pensar viéndola deambular junto a nosotros?

—Pensarán que sabemos demostrar nuestra magnanimidad.

Todas las mañanas, Catherine desfilaba a la cola del cortejo, con la cabeza alta, feliz por imponer su presencia a Mazarino y a los cortesanos, encantada de cruzarse con sus miradas estupefactas y de enterarse de sus murmuraciones:

—Yo habría dejado que se pudriera en el exilio.

—Vamos, Monsieur Nanteuil, no seáis tan duro. ¿No nos ha pedido Nuestro Señor Jesucristo que perdonemos a nuestros enemigos?

—Seguro que no si tienen la cara del demonio y los dedos les huelen a mierda, Monsieur Pellisson.

Y al viajero que visitaba el Louvre y que, viendo pasar a Catherine, preguntaba atónito «¿Quién es?» le respondía una marquesa, antes de dar media vuelta:

—Es Cateau, la lavandera del trasero de la reina.

Mientras, la garrapata seguía esperando.

XXVI

En julio de 1655, el rey y Mazarino se fueron a la campaña contra los españoles en los Países Bajos, y se llevaron con ellos al doctor Vallot.

Hacía ya varias semanas que Catherine no se encontraba con este último más que de manera ocasional. Pasaba los días encerrado en su laboratorio, y cuando coincidía con ella no le dedicaba más que algunas palabras rápidas e insignificantes.

—¿Va todo bien, Monsieur Vallot?

—Todo bien, todo bien.

Tenía la cara grisácea.

Toda la Corte vivió entonces al ritmo de los entusiastas informes aportados por unos emisarios extenuados y enlodados: «Desde sus escasos dieciséis años —ladraban los pregoneros— el rey muestra tener una entereza y un valor admirables. No se fatiga, ni siquiera después de haber estado a caballo durante quince horas. Ayer fue hasta cerca de Avesnes, a ver a las tropas avanzadas del cuerpo comandado por el mariscal de La Ferté».

Durante cerca de dos meses, Catherine gozó de paz. Era como si todas aquellas historias bélicas la hicieran invisible. Circulaba por los corredores sin que nadie se volviera a su paso. Entraba en sus aposentos sin temor a pringarse de nuevo los dedos con algo y, por la noche, leía cosas bien distintas a groserías o cartas con insultos: «La materia ordinaria de los supositorios es la miel común aderezada con un poco de sal marina —explicaba el renombrado Estienne Colombin en sus *Remedios soberanos contra los cólicos y otras afecciones del bajo vientre*—. Si se quieren elaborar supositorios más fuertes, se debe añadir electuario de hiera picra, de almizcles o de áloes. Estos tienen como propiedades las de aliviar los dolores de vientre y reducir las flatulencias».

Durante las sesiones de cura, mientras la reina, acuclillada sobre su palangana de loza blanca, se inquietaba por la vida de su hijo, Catherine a veces fantaseaba preguntándose qué pasaría si este quedara desfigurado por una bala u otro proyectil: ¿no haría esa fealdad que la suya resultara más soportable?

La asaltó la impaciencia por conocer el desenlace de tal posibilidad. Pero el resultado no fue el que ella esperaba. En septiembre, Luis volvió sin un solo rasguño, aún más guapo de lo que se fue: sus rasgos, sus gestos, se habían fortalecido. Únicamente sus ojos brillaban con una luz extraña, de la que no se habría sabido decir si era debida a alguna fiebre maligna o al recuerdo de los horrores de la guerra.

De todas formas, sin querer herir los sentimientos de Catherine, incluso si Luis se hubiera vuelto más feo que ella, no habría cambiado nada: la fealdad de un rey siempre será menos repelente que la de todos sus súbditos juntos. Y para Catherine es una pena que Monsieur Boileau no hubiera tenido la buena idea de nacer un poco antes, ya que la lectura de este extracto de sus *Sátiras* le habría evitado perder el tiempo imaginándose cosas:

Aquel que sea rico ya lo es todo.
Sin sabiduría es sabio.
Sin saber nada, tiene la ciencia infundida.
Tiene el ingenio, el corazón, el mérito, el rango.
La virtud, el valor, la dignidad, la sangre.
Hasta el oro da a la fealdad un tinte de belleza,
pero todo se vuelve horrible con la pobreza.*

Por el contrario, el que le pareció terriblemente perjudicado fue Vallot. Sus rasgos mostraban un cansancio aún mayor que antes de partir, su tez era aún más cerúlea, sus ojos aún más hundidos en las órbitas. Se hubiera dicho que era una momia salida de su mortaja. Pero Catherine no pudo saber más, ya que, en cuanto regresó, corrió a encerrarse en su laboratorio.

* Nicolas Boileau, *Satires*, vol. I, París, Imprimerie générale, 1872, p. 128. (*N. del T.*)

XXVII

Hacia mediados de septiembre, un anuncio alborozado atravesó los corredores de mármol del palacio, entró en los apartamentos, se infiltró en las alcobas decoradas con angelotes y descendió hasta las bodegas: se trasladaban a Fontainebleau, donde el incansable Luis, tras haberse dedicado al combate contra hombres, se decía que quería ahora cazar animales.

Durante el transcurso del pequeño periplo que condujo a toda la Corte de un palacio al otro, Catherine, que ocupaba plaza en el primer carruaje reservado a la casa de la reina, pasó todo el tiempo con la nariz pegada al cristal. La hacía feliz dejar el Louvre, poder oler algo que no fuesen aromas de fetidez o de almizcle; poder oír algo distinto al continuo rumor de la ciudad sobrevolado por un perpetuo alboroto de campanas. Detrás del cristal, el mundo hacía el efecto de un gran cuadro moviéndose. Unas nubes con el vientre estriado de rosa se deslizaban por un cielo gigantesco, los árboles se estremecían con el viento, pueblos acurrucados en torno a su campanario desaparecían tan pronto como habían aparecido. De vez en cuando, raras veces, pues el presente la tenía acaparada, su mente se saltaba las distancias: pensaba en el palacio que allá la esperaba, en aquel palacio de oro y de mármol del que Geneviève tantas veces le había hablado y al que sus sueños de niña tantas veces la habían conducido.

Nada más detenerse los carruajes en el patio del palacio de Fontainebleau, tuvo lugar una estampida hacia el interior del edificio, donde cada cual se entregó al objetivo de ocupar la mejor habitación posible, haciendo valer sus títulos o su noble alcurnia cuando se trataba de defender su presencia en los apartamentos que se habían adjudicado o de desalojar al intruso que hubiese osado introducirse en ellos.

En cuanto a Catherine, se quedó largo rato plantada en medio del patio. El edificio no tenía gran cosa que ver con el hermoso palacio del que en otro tiempo le había hablado Geneviève. A modo de una suerte de casa de hadas, se encontraba ante una enorme construcción achaparrada como un sapo y a la que unos largos y delgados conductos de chimeneas color malva trataban en vano de aligerar.

—¿Y bien, Madame Beauvais, vais a entrar? —Era Monsieur de Béthune quien la llamaba desde lo alto de la escalinata, zarandeado por hordas de servidores que no paraban de entrar y salir.

Una vez en el interior del edificio, Catherine se reprochó haberlo juzgado tan deprisa y tan mal. Por todas partes, más incluso que en el Louvre, reinaba la gracia y la delicadeza. Era un conjunto de curiosidades diversas y encantadoras, de mesas con patas retorcidas, de aparadores esculpidos con hojas de acanto y follajes, de largos corredores dotados de inmensos ventanales, de techos con artesones multicolores de los que pendían grandes arañas de cristal como cascadas de diamantes.

—Todos los reyes que se han ido sucediendo aquí —explicó Monsieur de Béthune—, desde Francisco I a Luis XIII, pasando por Enrique II y Enrique IV, han dejado la marca de su paso y de sus gustos.

Esa aglomeración de estilos y de personalidades tan particulares, tan diferentes, lejos de chocar, encajaban entre sí, armonizaban de maravilla, del mismo modo que encajan y armonizan los rasgos de los padres en el rostro de un niño. Una habitación, sobre todo, impresionó a Catherine: la inmensa sala de baile decorada con oro, con frescos y con paneles, a la que se accedía después de haber transitado por un pequeño y austero pasillo de piedra desnuda. Mientras Monsieur de Béthune detallaba con entusiasmo las escenas mitológicas representadas en las paredes, Catherine tuvo de pronto la visión de sor Josepha, girando, feliz, con su bonito vestido de satén azul. Y se dijo: «Un día, yo bailaré aquí».

A la espera de ese día, y como la reina, después de la sesión matinal, le dejaba tiempo libre hasta la noche, adquirió la costumbre de recorrer arboledas y bosques en busca de plantas medicinales. A falta de plantas verdaderamente eficaces, volvía de esas salidas con un extraordinario sentimiento de libertad. En cada ocasión tenía la impresión de ir a pasear por una página de las *Geórgicas* de Virgilio, pero por una página que se hubiera hecho viva. Los cuervos graznaban, el viento silbaba entre las ramas, dispersando olores de humo, de hongos, de hojas en descomposición. Y en ese mundo donde nada ni nadie le decía que ella era fea, mientras, a lo lejos, se oían los disparos de los cazadores, recitaba para sí los versos de Virgilio que había leído, en otros tiempos, en la buhardilla de Geneviève, cuando la naturaleza no era para ella más que una idea, una cosa incierta que se desesperaba por conocer algún día:

Tales, sin ayuda de las artes, la naturaleza misma
los alumbró antaño: árboles de vergeles y de bosques,
tanto humildes matorrales como sagradas forestas.*

Pasaba el tiempo. Llegaba la tarde. Las sombras se hacían
más densas. Había que volver ya para poner a hervir sus enemas.

* Valentin Conrart, *Mémoires*, en *Collection des mémoires relatifs à l'histoire de France, op. cit.*, p. 42. (*N. del T.*)

XXVIII

Una noche que Catherine estaba acabando de recoger sus instrumentos para guardarlos en su bolsa de cuero, la reina le dijo:

—Mañana por la noche vendréis conmigo, Cateau.

—¿Con vos? ¿Adónde?

—A casa de Madame de Verneuil. Da una pequeña recepción en su residencia.

Y, ante el rostro de estupor de Catherine, le dijo:

—Ya va siendo hora de que la gente se acostumbre a vuestra presencia, Cateau...

¿Es necesario decir cuánto alegraron estas palabras a Catherine?

La noche siguiente, después de haberse puesto el bonito vestido de terciopelo verde que formaba parte de su ropa de doncella —y que tanto les había costado ajustar a sus formas a los costureros de Monsieur Fabregue—, Catherine se presentó con la reina ante las puertas de la residencia de Madame de Verneuil.

Todas las voces enmudecieron en el momento de su aparición. En el aire recalentado flotaba un pesado olor a perfumes almizclados, sudor y hollín. Atravesaron la habitación en medio de reverencias y murmullos. Para Catherine era un espectáculo extraordinario y, aun así, muy intimidante, verse en medio de todos aquellos hombres tan bien ataviados y de todas aquellas mujeres vestidas con sedas y con el cuello ceñido por el oro o los diamantes. En la esquina izquierda de la habitación tocaba una pequeña orquesta; en la derecha, sentados a una mesa redonda, un hombre y una mujer disputaban una partida de cartas bajo las atentas miradas de una pequeña asamblea. Unos criados pasaban por entre los grupos con champán y dulces.

Cuando Catherine salió de su distracción, la reina había desaparecido. Durante un instante, se quedó azorada en medio de todas aquellas personas que lo mismo la miraban con el rabillo del ojo que hacían como si no la hubieran visto. Para poner fin a ese momento de incomodidad, cogió un vaso de vino de la bandeja de un criado y se dirigió hacia la mesa de juego, de la que procedían unos aplausos y unos bravos. Al llegar a ella, sorprendió una conversación entre dos mujeres que le daban la espalda:

—¿Qué necesidad tiene la reina de aparecer con su espantajo?

—¿No nos vamos a librar nunca de esa cosa horrible?

Estaban jugando al piquet, o a los cientos. A Catherine, puesta de puntillas para poder mirar, le bastaron unos segundos para descubrir que el hombre hacía trampas. Descaradamente. Ella veía todo lo que los demás no veían: los falsos cortes, las falsas mezclas, las cartas intercambiadas y demás trucos... Veía también la cara marchita de angustia de su adversaria, una gruesa mujer de dedos hinchados y axilas olorosas.

Delante de Catherine, un hombre le susurró a otro al oído:

—¡Me gustaría tanto que él perdiera, por una vez al menos!

Pero diez minutos más tarde la mujer gruesa lo había perdido todo.

—No hay suerte más que para los granujas —gruñó una viejecita.

En el momento en que el ganador, con aire despectivo, lanzaba a la concurrencia: «Y bien, ¿a quién le toca ahora?», de pronto se despertó la garrapata. Ella, el espantajo, ella, la horrible cosa a la que nadie quería, iba a imponer a aquella gente la revancha que desesperaban por tomarse algún día.

Se abrió paso apartando a la multitud con el brazo.

—A mí...

Todo el mundo la miró con estupefacción

—¿Vos sabéis jugar al piquet? ¿Vos? —se burló el hombre.

—Un poco...

—Se ha visto a monos jugar a las cartas —dijo una mujer soltando una risita.

—Pero hay que poder cubrir la apuesta... —siguió diciendo el jugador—. Abrimos la partida en tres mil y dudo que...

Catherine extrajo de su corpiño la bolsita en la que guardaba el diamante de Geneviève.

—¿Esto sería suficiente?

El hombre hizo que la joya se irisara brevemente a la luz de una vela. Su mirada se iluminó.

—Yo... Esto debería valer. Acomodaos.

Y una imponente pila de fichas fue colocada ante Catherine.

Aquella partida sería recordada mucho tiempo después. Tanto es así que, muchos años más tarde, cuando todos los protagonistas, o casi, de esta historia ya habían desaparecido, el marqués de Simonin, que asistió a la escena, hizo el relato de ella en sus *Memorias*: «Las primeras manos favorecieron todas ellas al conde de Rocambourt. Para entonces, muchos de los que formaban un círculo alrededor de los jugadores abandonaron el espectáculo, contrariados por asistir a aquella masacre o por no estar en el lugar de Monsieur de Rocambourt para embolsarse el diamante de la Beauvais. En la cuarta mano, la suerte de la joya parecía estar ya sellada y el conde no dejaba de sonreír, con aquella sonrisita vulgar que todo el mundo detestaba. Pero hete aquí que, en la quinta mano, cuando la Beauvais acababa de distribuir el juego, un diluvio de cartas contrarias le hizo perder toda su ventaja y su bonita compostura. Dejó escapar un «oh» que no se supo si era de placer o de decepción. El conde pidió hacer una pausa y se levantó para hacerse servir una copa de champán. Durante ese tiempo, la Beauvais permaneció sentada delante de la mesa, dándoles vueltas y más vueltas a las cartas entre los dedos. Por fin, Monsieur de Rocambourt volvió a su asiento. Pero, al querer forzar la suerte durante la sexta mano, jugó un tanto aturdido y acabó por perder todas las fichas que tenía ante él».

Lo que el marqués de Simonin ignoró siempre a propósito de Catherine (aparte del hecho de que hacía trampas aún mejor que el conde de Rocambourt) es hasta qué punto fue feliz. Ella era la maga que hacía sonreír o palidecer a su adversario a porfía, la bruja que hacía que surgiera la estupefacción en el sentimiento y en la mirada de la gente. En el momento en que mostró el siete de trébol que le hizo ganar la partida, se hizo un silencio glacial. Todo el mundo se miró con incomodidad. Alguien tosió. Luego, uno a uno, siguiendo el ejemplo de Monsieur de Rocambourt, quien, lívido, se fue de allí, los espectadores dejaron a Catherine sola delante de su diamante y de su montoncito de piezas de oro, y con una inmensa sonrisa en sus labios, que muchos tomaron por una mueca.

Durante los días que siguieron, los cortesanos, inducidos por Monsieur de Rocambourt, le hicieron pagar cara su victoria. Los papelitos que le pasaban bajo su puerta fueron pronto tan abundantes que hubiera necesitado unas cuantas horas para leerlos todos.

Hasta que, una noche, cuando con la sábana hasta la barbilla leía las recetas en verso de Nicandro de Colofón, un extraño médico griego para el que la ciencia sin poesía no era sino un cuerpo sin alma, llamaron a la puerta. Dos golpecitos, tan breves, tan discretos, que primero creyó que lo había soñado. Pero los dos toques se volvieron a oír, esta vez acompañados por una ahogada voz de hombre:

—Madame Beauvais... Madame Beauvais... Abridme. Deprisa.

—¿Quién está ahí?

—Soy yo —dijo la voz—. Monsieur de Béthune.

Catherine entreabrió la puerta y el rostro del primer escudero de la reina se le apareció en el halo amarillento de una candela.

—¡Monsieur de Béthune! ¿Qué ocurre? ¿Por qué susurráis así?

—La reina os manda llamar.

—¿La reina?

—Vamos, daos prisa...

La vela de Monsieur de Béthune proyectaba destellos fantásticos e inquietantes en torno a ambos. A veces emergían desde la sombra fragmentos de estatuas, ángulos de mobiliario, tramos de escaleras que se perdían en la noche. Y al ver pasar a aquellas dos siluetas nimbadas por tan pobre luz, avanzando una a grandes zancadas y claudicando tras ella la otra, hubiera podido pensarse en un cuadro de La Tour con un toque de Brueghel.

Ni una sola vez le dirigió la palabra Monsieur de Béthune durante el trayecto, y a Catherine le sobró tiempo para preguntarse qué pasaba. No era la primera vez, ciertamente, que la reina la hacía llamar en mitad de la noche. Pero ella la había dejado en perfectas condiciones de salud unas horas antes. ¿Entonces? ¿Habría recibido las quejas del conde de Rocambourt? ¿Iba a regañarla por haber ridiculizado a un noble y le pediría que le devolviera su dinero?

Llegaron por fin ante la puerta de los aposentos de la reina, que dos guardias suizos abrieron de inmediato, aunque volviendo la cabeza, como hacían cada vez que aparecía Catherine. Hay, sin duda, aversiones insuperables. Pero podemos apostar a que estos dos estetas habrían dominado fácilmente su repugnancia si se les hubiera dicho que en ese preciso instante pasaba ante ellos no el monstruo de la reina sino la mujer que iba a salvar a la Corona.

XXIX

Catherine se quedó estupefacta al no encontrar a la reina gimiendo de dolor en su lecho ni tampoco encolerizada. Estaba sentada en un gran sillón de terciopelo negro, flanqueada por Mazarino y el doctor Vallot. Sus ojos estaban enrojecidos. Se diría que había llorado. En cuanto apareció Catherine, Mazarino se precipitó hacia ella, con las facciones deformadas por la inquietud y la cólera.

—Juradnos que todo lo que vais a oír no saldrá nunca de aquí.

—Yo...

El cardenal la agarró de un brazo y bramó:

—¡Juradlo!

—Os lo ruego, monseñor, no tan fuerte —intervino la reina, y Catherine no supo si quería que bajase la voz o que aflojara un poco su apretón.

—Lo juro.

Mazarino la soltó. Se volvió hacia Vallot y, con un gesto de la mano, como quien da órdenes a un sirviente:

—Vallot, explicádselo.

El médico se aclaró la garganta, se retorció los dedos, y dijo:

—Bueno —comenzó—, no lo sabéis, Catherine, pero... el rey sufre una grave afección y...

Hizo una pausa, visiblemente incómodo e inquieto.

—Continuad —ordenó Mazarino, que se había puesto a andar de un lado a otro de la habitación—. La situación es penosa para todos nosotros.

—Bien... Humm... Todo empezó hace cuatro meses. Al despertarse, las camisas de Su Majestad estaban manchadas de una materia cuyo color era muy amarillo mezclado de verde... Yo... yo al principio creí que se trataba de alguna polución nocturna, pero, tras proceder a exámenes de gusto y de textura, yo... yo he llegado a la conclusión de... —miró de refilón a la reina, cuyos ojos se habían llenado de lágrimas— de que ese mal es..., cómo diría..., de muy distinta naturaleza, y, sobre todo, que tiene el riesgo de poderle privar de descendencia...

De pronto se oyó un ruido extraño, como un pequeño toque de trompeta: la reina se sonaba la nariz.

—¿Comprendéis bien, Madame Beauvais, lo que eso significa? —gruñó Mazarino.

—Pues... Creo que sí —respondió Catherine, que no salía de su asombro ante lo que estaba a punto de presenciar.

—Monsieur Vallot ha comenzado un enérgico tratamiento a base de aguas de Forges, sangrados, raspaduras de asta de ciervo y ácido fórmico —intervino la reina—, pero...

—¡Sois un inepto, Vallot! —exclamó Mazarino—. ¡Nada funciona!

Catherine miró a Vallot, que, blanco como un lienzo, se miraba la punta de los zapatos.

—Por eso os necesitamos, Cateau —prosiguió la reina.

—¿A mí?

—Sí. Vuestros bálsamos, vuestros ungüentos, vuestras pomadas... —Sus lágrimas volvieron a brotar—. Oh, Catherine, hay que considerar todas las posibilidades. Tal vez uniendo vuestros dos conocimientos, el vuestro y el de Monsieur Vallot, podamos superar esta pesadilla.

Durante un buen rato, Catherine miró con insistencia a los tres personajes que tenía enfrente. Había tal expectación en sus miradas, tal necesidad de ella, tal inquietud también, que, por primera vez en su vida, tuvo la impresión de estar sentada en la cima de una montaña desde la cual dominaba el mundo. Estar próxima al rey, curarle, ganarse su confianza; no tener que temer nunca más a Mazarino; hacer que los cortesanos reventasen definitivamente de envidia...

Por un instante, la garrapata siguió titubeando a propósito del extraordinario festín que se le ofrecía, preguntándose, cuando menos, qué pasaría si ella fracasaba en el intento de curar al rey. Pero su ansia era tal que, olvidando toda prudencia, saltó sobre su presa.

—¿Cuándo podré examinar a Su Majestad?

Mazarino estuvo a punto de ahogarse.

—¿Vos? ¿Examinar al rey? ¡Eso nunca!

—Pero...

—Me habéis comprendido perfectamente. Nosotros volvemos a París mañana. Vos os quedaréis en vuestro laboratorio. Vallot os mantendrá informada diariamente de la evolución de la enfermedad y...

Entonces, la garrapata, sintiendo que se le escapaba la presa, se jugó el todo por el todo.

—Horas de explicaciones nunca valdrán tanto como una ojeada experta, monseñor. Debo examinar a Su Majestad sin falta...

—Desde luego que no.

—Humm... Si me permitís, monseñor —intervino Vallot con una vocecita atemorizada—, creo que esa visita es indispensable...

—¿A vos quién os manda meteros? —le soltó Mazarino volviéndose con brusquedad.

Entonces sucedió algo increíble. La reina se plantó delante del cardenal y le dijo:

—Ya está bien, monseñor. Si Cateau dice que necesita ver a mi hijo, lo verá. Y ahora, retiraos. Todos. Estoy agotada.

Vallot se ofreció a acompañar a Catherine a su habitación. Pero ella apenas le prestó atención, pues no dejaba de rememorar la extraordinaria escena que acababa de vivir, así como de pensar en el inmenso beneficio, o eso esperaba, que iba a proporcionarle aquella aventura.

Pero en el momento en que iba a cerrar su puerta, el médico le dijo:

—¿Puedo quedarme aún un momento con vos, Catherine?

Ella creyó que querría comentarle algo a propósito de la enfermedad del rey y prepararla para su futura visita. Pero después de pasar dentro y de que ella hubiera cerrado la puerta, él se dejó caer en un sillón y se agarró la cabeza entre las manos.

—Oh, Catherine... —sollozó—. Es espantoso...

—¿Qué sucede?

—Si no conseguimos curar al rey, seré despedido...

—¿Despedido?

—Sí. Mazarino me lo ha dicho esta mañana.

—No es por nada, Monsieur Vallot, pero las raspaduras de asta de ciervo y el ácido fórmico...

—Lo sé... Lo sé... —Suspiró el médico, extendiendo los brazos en señal de impotencia.

Elevó hacia ella unos ojos enrojecidos.

—Tengo seis hijos, Catherine...

—¿Por qué no habéis venido a contármelo antes?

—Tenía orden de no hablar con nadie de este maldito asunto.

—Comprendo.

Entonces, ante aquel hombre agotado y vencido, ante aquel padre cuyo futuro y el de sus seis hijos dependían del futuro de otro, la garrapata, durante un breve instante, retomó forma humana. Catherine se acercó a él y, posándole una mano sobre el brazo, le dijo:

—Nosotros le curaremos, Monsieur Vallot. Todavía no sé cómo, pero le curaremos.

XXX

Durante todo el viaje de vuelta a París, Catherine no vio gran cosa del paisaje que desfilaba tras el cristal. Encajada en una esquina del carruaje, indiferente a las miradas de sus compañeros de viaje, no dejaba de cavilar acerca de la enfermedad del rey, de pensar en las virtudes de sus plantas, de tratar de formar con ellas electuarios o bálsamos, como el jugador de ajedrez imagina las combinaciones de piezas sobre el tablero. Pero ¿qué estrategia adoptar cuando se ignora todo sobre el adversario al que uno se va a enfrentar? Sumida en sus reflexiones, le costó darse cuenta de que el coche ya se había detenido en el patio del palacio.

Llegada la noche, después de haber pasado la tarde intentando en vano encontrar en los libros cómo tratar las blenorragias, Catherine se fue con Vallot al encuentro del rey en sus aposentos.

Después de todos los años que habían pasado desde que entró al servicio de la reina, nunca había tenido ocasión de estar muy cerca de Luis. Es cierto que formaba parte del cortejo que lo acompañaba durante los paseos matinales; es cierto que se lo cruzaba a menudo en los corredores o en las avenidas de los jardines, rodeado de cortesanos. Pero las cosas nunca habían pasado de ahí. Él jamás le había prestado atención. Ella se había preguntado a menudo si esa indiferencia no era fingida, ya que es verdad que ciertas personas prefieren ignorar las cosas que les repelen antes que enfrentarse a ellas.

Pero cuando la vio aparecer por primera vez su rostro no expresó sorpresa ni desagrado.

—Sé, desde hace tiempo, el bien que hacéis a mi madre —le dijo, como si le hubiera leído el pensamiento.

Y luego, mientras ella desempaquetaba sus instrumentos:

—¿Creéis que sabréis curarme, señora?

—Lo ignoro, señor. Antes es preciso que os examine.

El rey dirigió su mirada hacia Vallot, como si buscase su consentimiento. Y, habiendo hecho este un gesto de aprobación con la cabeza, Luis se remangó el camisón.

Si bien en el transcurso de sus investigaciones Catherine se había visto obligada a ver láminas de anatomía que representaban el sexo de los hombres, era la primera vez que veía uno en la realidad (el de Pierre Beauvais siempre había permanecido tranquilamente encerrado en el fondo de su pantalón). Lo primero en lo que pensó, al observar el pequeño miembro regordete y maloliente del rey, fue que aquella cosa era, en cualquier caso, muy fea. Especialmente porque la enfermedad no contribuía a mejorarla.

De cuando en cuando, observaba a hurtadillas la cara del rey. Tenía los ojos cerrados. La mandíbula crispada. Ella no insistió cuando rechazó dejarse palpar los testículos, por donde, como decían los libros, transitaba el semen corrompido.

Catherine le interrogó sobre los dolores que sentía, quiso saber si el flujo que le salía de la verga era regular o esporádico, si padecía fiebres, y se guardó bien de preguntarle sobre las causas de aquella infección: de todas formas, hay enfermedades que hablan por sí solas. Fue él quien abordó el tema mientras ella acababa de cerrar su bolso.

—Esto es lo que pasa —dijo— cuando se cabalga demasiado...

—¿También a vos os ha contado esa grotesca historia del caballo? —le preguntó Catherine a Vallot al salir de la consulta.

Vallot se ruborizó y miró con inquietud a su alrededor.

—¿Puedo contar con vuestra absoluta discreción, Catherine?

—Naturalmente.

—Pues bien... No es que él me la haya contado. He sido yo quien le ha sugerido que la cuente...

—¿Cómo es eso?

—Hay verdades que es mejor ocultar a una madre que cree que su hijo sigue siendo virgen...

—¿Queréis decir que...?

—Sí. La reina lo ignora todo sobre las verdaderas causas de ese mal.

—Pero ¿por qué me ha mentido a mí?

—Apenas os conoce...

—¿Y Mazarino?

—Él también lo ignora todo. Pero por otras razones...

—¿Cuáles?

Vallot miró todavía con más inquietud a su alrededor.

—¿Me juráis que no diréis nada?

—Por supuesto.

—Pues bien, no creo que le gustara saber que es su propia sobrina, Olimpia Mancini, la que ha contagiado a Su Majestad...

—¿Su sobrina?

—¡Chitón! —se alarmó Vallot—. En cualquier caso, os aconsejo que digáis lo mismo que yo: que es la práctica asidua de la equitación la causante de esa blenorragia.

Catherine no insistió. Al fin y al cabo, las causas de la infección no tenían ninguna importancia. Que Luis hubiera atrapado ese mal saltando sobre el lomo de un caballo o sobre la grupa de una dama no cambiaba nada el asunto: había que actuar, y deprisa.

XXXI

Las decocciones de brezo, mezcladas con tomillo, ajo, propóleos y miel rosada que ella había puesto a punto para tratar los ardores urinarios de la reina sirvieron de base para sus primeros experimentos. Faltaba por saber cómo administrar al rey su medicación.

Para ello tuvo que ir, con Monsieur Vallot y un pañuelo en la nariz, a pasar noches enteras experimentando su poción con algunos enfermos del Hôtel-Dieu, el hospital principal y más antiguo de París.

Cada vez que Catherine entraba en ese inmenso edificio de interminables pasillos, no podía evitar estremecerse. Apenas a algunos centenares de metros de los placeres y los oropeles de palacio estaba aquella cloaca de sombras y de gritos.

La mayoría de los enfermos, cualquiera que fuese su afección, estaban agrupados en un inmenso dormitorio que hedía a orina, carnes podridas y sopa agria. Ese miserable espectáculo se veía compensado por la extraordinaria dedicación de las monjas que se ocupaban del lugar. No eran, sin duda, las mujeres más tiernas y más pacientes de la tierra. Pero al menos no pasaban el tiempo, como las monjas de las Hijas de Dios, farfullando oraciones, persuadidas de que ello bastaría para cambiar el mundo.

Durante ocho días, Catherine administró su poción a cuatro hombres. El primero fue tratado solo por vía oral, el segundo solo por vía anal, el tercero mediante inyecciones en la uretra y el cuarto por esos tres conductos a la vez.

Hasta aquel momento, el doctor Vallot nunca había visto trabajar a Catherine. El espectáculo que ofrecía no dejaba de fascinarle. Mientras iluminaba la escena con su candelabro, se decía maravillado que era como si esa mujer hubiera necesitado de aquel cuerpo deforme para llevar a cabo su tarea: de aquellos dedos ganchudos para agarrar bien los instrumentos e introducirlos en orificios que no estaban previstos para ello; de aquel ojo inmenso para distinguir perfectamente los menores detalles del cuerpo y la índole exacta de las afecciones. Su nariz, enorme, parecía hecha para percibir los mil y un olores que la naturaleza o los hombres son capaces de producir. Y ante aquel ser tan perfectamente dotado para ejercer su arte, se preguntaba, pensativo: «¿Acaso no hay ahí una clase de belleza?».

Pero al cabo de una semana, hubiera belleza o no, el estado de los pacientes no había mejorado. Al contrario: el primero sufría de ardores de estómago desde entonces, el segundo de incesantes flatulencias, el tercero había visto cómo se duplicaba el volumen de su verga y el cuarto padecía todos esos males al mismo tiempo.

Inspirándose en la teoría de Paracelso que dice que el aspecto de una planta tiene un parecido con sus propiedades terapéuticas, Catherine puso entonces a cocer juntas todo tipo de plantas cuya forma evocaba los órganos genitales masculinos: *Asparagus officinalis*, *Bifora testiculata*, *Ranunculus ficaria*, *Ficus carica*, orquídea, *Allium porrum*, *Phallus impudicus*. Pero esta viril (y maloliente) mixtura no hizo sino agravar las cosas.

—¡Ay! —Suspiraba Vallot, en cuyas facciones cada vez hacía mayor mella el cansancio—. Qué lástima que Asclepio esté muerto.

—¿Asclepio?

—El dios griego de la medicina: se aparecía en los sueños de los pacientes y los curaba tocando su parte enferma.

En ocasiones, Mazarino iba a interesarse por el avance de las investigaciones. Entraba en el laboratorio sin decir una palabra, daba vueltas en torno a las mesas, metía la nariz en los frascos y en los libros, hojeaba los cuadernos repletos de fórmulas y se iba como había venido, dejando que flotara en la habitación un repugnante olor a pachulí y en las almas una formidable sensación de temor.

Pasaban los días. La inquietud aumentaba. Vallot veía ya a sus seis hijos entregados a la asistencia pública. Pero, una mañana, una decocción a base de flor de bronce, miel, tomillo y eucalipto pareció hacer algún efecto en el enfermo número tres.

—¿Creéis que...? —preguntó Vallot a Catherine, con una luz de esperanza brillándole en los ojos.

—No estoy segura de nada, Monsieur Vallot. De lo único que estoy convencida es de que ya va siendo hora de que intentemos algo.

XXXII

Las primeras sesiones de cura fueron laboriosas. Especialmente porque Catherine, casi desde el principio, tuvo que apañarse ella sola con el rey, al tener que ocuparse Vallot de la reina, a la que se le habían reproducido los pruritos y que, además, había empezado a padecer violentas migrañas.

Luis no era un enfermo fácil. No contento con andarse siempre con rodeos antes de arremangarse el camisón, ponía en tensión todo su cuerpo cuando Catherine se acercaba a él. A veces estaba tan contraído que ella no conseguía introducirle la jeringa en la uretra.

—Es absolutamente necesario que se relaje —le explicaba Catherine a Vallot una mañana que ella había ido a buscarle a su laboratorio—. Anoche mismo no pude administrarle mi tratamiento. Y no sé si es el hecho de que le cure una mujer, pero da muestras de un pudor que no ayuda nada y...

—Eso no tiene nada que ver con vuestro sexo —la cortó Vallot, mientras observaba por transparencia la poción que intentaba poner a punto para aliviar a la reina de sus dolores de cabeza—. Desde hace tres años, también a mí me resulta muy difícil conseguir que se desnude y le pueda examinar.

—Suspiró—. Cuando pienso que antes era el enfermo más dócil y más amable que había sobre la tierra...

—Lo comprendo —sonrió Catherine—, los niños crecen.

—Hummm... Sin duda. Pero me temo que hay otra cosa en ese pudor.

—¿Como qué?

Vallot se tomó su tiempo. Luego, bajando la voz:

—Bueno... Se cuenta que una noche de junio de 1652, en Melun, el rey, que tenía entonces solo trece años y nueve meses, volvió de casa de Mazarino, a la que había ido a cenar, conmocionado... y mancillado.

—Pero... ¡es espantoso! —exclamó Catherine, palideciendo—. ¿Estáis seguro de esa historia? Parece tan inconcebible...

—En todo caso, lo que yo veo es que desde esa fecha el rey empezó a rechazar algunas de mis auscultaciones y medicaciones. Su mirada se ha velado con una especie de tristeza que no desaparece. —Y alzó hacia Catherine sus ojos con un brillo de cólera—. Estoy seguro de que lo hizo.

Esa noche, Catherine soñó que estaba en una habitación con forma de jaula. Ante ella, una inmensa ave roja batía sus alas, derribaba todo a su paso y perseguía febrilmente a un niño aterrorizado que gritaba, chocaba contra los barrotes y trataba de escapar. Y ella lloraba, porque el ave se abatía sobre el niño y ella no podía hacer nada.

XXXIII

Los primeros rumores comenzaron solo tres días después de que Catherine hubiera empezado a administrar sus cuidados al rey. En casa de Mademoiselle de Scudéry, Monsieur Conrart, envuelto por el humo de la chimenea, cuyo tiro funcionaba mal, seguía leyendo páginas de su relato sobre la Fronda:

—«Entretanto, los hombres del príncipe seguían defendiendo los puentes de Charenton, de Neuilly y otros, que habían sido dañados».

—¿Nos contaréis ese día de julio de 1652 en que las tropas de Condé invadieron el ayuntamiento y mataron a todo el mundo? —le interrumpió de pronto Madame de Sévigné.

Monsieur Conrart la miró severamente por encima de sus quevedos.

—Por supuesto que lo contaré. ¿Puedo continuar?

—Eh... Sí... —respondió Madame de Sévigné, ruborizándose—. Disculpadme.

—«Las tropas del rey y los príncipes también seguían ocupando desde Chartres hasta Étampes, donde causaban singulares estragos...».

—Perdonad que también yo os interrumpa —dijo Monsieur Isarn—, pero esa horrible temporada que pasamos en el castillo de Saint-Germain-en-Laye durante el invierno de 1649 con la familia real, ¿la contaréis también?

—Evidentemente —gruñó Monsieur Conrart, exaspera-
do.

—Mejor... mejor... Es preciso que la gente sepa lo que hemos sufrido en aquella casa innoble, que no tenía de palacio
más que el nombre.

—Bueno, ¿por dónde iba? Con todas estas interrupciones...

—Hablaba de estragos extraños...

—Ah, sí. Entonces: «... donde causaban singulares estragos... Y todos los días se oía hablar del pillaje de alguna casa
más. El martes, después de cenar...».

—¿Sabíais que Cateau va a la habitación del rey todas las
noches?

Era Monsieur Nanteuil, que llegaba con retraso.

Inmediatamente, olvidándose de Conrart y de la Fronda, se
formó un círculo alrededor del pintor.

—¿De qué habláis?

—No hago más que repetir lo que me han dicho.

—Vamos a ver, eso es ridículo —dijo Paul Pellisson—. ¿Qué
iría a hacer allí?

—El que, o la que, os haya dicho eso ha debido soñar.

—Desde luego. O tal vez han querido burlarse de vos...

Pero Monsieur Nanteuil no dio su brazo a torcer y, cuando volvió a su casa, todos se divirtieron a costa de semejante ingenuo
al que se le podía hacer creer cualquier cosa. Excepto Monsieur
Conrart, el cual pasó gran parte de la noche maldiciendo a
aquel grupo de imbéciles que, no contentos con haberle corta-
do la palabra a cada momento, preferían las callejuelas de los
chismes a las avenidas de la Historia.

A partir de lo que había contado Monsieur Vallot, no era ya solamente la garrapata la que todas las noches iba al encuentro del rey. Era también la mujer conmocionada por la idea de que aquel joven tal vez había sido víctima del abuso de un monstruo.

A fuerza de mostrarse delicada y atenta con él, a fuerza de explicarle las curas que se aprestaba a prodigarle, y de masajearle suavemente el vientre al final de cada una de las sesiones, Catherine acabó por ganarse su confianza. Una noche ni siquiera se dio cuenta de que ella le introducía la jeringa por la uretra. Durante toda la sesión habló solamente de danza. Contó cómo un día de 1654 había interpretado cuatro papeles sucesivos en *Las bodas de Tetis y Peleo*, una ópera italiana mezclada con ballet. Había hecho de Apolo, de un academicista burlesco, de una dríade y de una furia. Su voz temblaba un poco mientras evocaba su desempeño, se acordaba de las indumentarias que había vestido y de los centenares de ojos dirigidos hacia él. Era inagotable. Y se quedó atónito cuando Catherine le dijo:

—He acabado, Sire.

En cada sesión, sus conversaciones se iban haciendo más libres, más íntimas. La habitación, iluminada apenas por algunas velas, cobraba un aspecto de *boudoir*. Él le habló de Tiberio Fiorelli, un actor italiano que de niño le hacía reír mucho cuando se presentaba en el Louvre con su mono, su loro y su guitarra; ella le habló de Geneviève, de sus canciones, de cómo brillaban sus ojos cuando evocaba el recuerdo de Luis XIII, y Luis quedó desolado al saber que ya había muerto.

A veces, seguían hablando durante más de una hora después de que las curas hubieran terminado.

Una noche encontró a Luis extremadamente fatigado y quejoso. Su jornada había sido agotadora. Se la había pasado apretando los dientes, tratando de disimular lo mejor posible los violentos dolores que, desde esa mañana, padecía en el bajo vientre. Por un instante, Catherine se temió lo peor, pero después de una rápida auscultación se tranquilizó al comprobar que los dolores se debían tan solo a un ligero estreñimiento.

—La próxima vez, que vengan a buscarme inmediatamente, Sire; o a Monsieur Vallot. Os voy a preparar un enema.

—¿Un enema? —Palideció el rey, acurrucándose bruscamente—. ¿Creéis que es realmente necesario?

Catherine se quedó inmóvil. Miró con insistencia al rey, que desvió la mirada y enrojeció. Y ante aquel rostro petrificado por la vergüenza, ante aquel cuerpo que se resistía, supo con certeza que Vallot tenía razón. Disimuló su desconcierto lo mejor que pudo.

—Os lo puedo administrar por vía oral, si lo preferís. Aunque una lavativa tradicional os produciría un alivio más rápido. No puedo forzaros. Sois vos quien decidís, Sire.

El rey pareció reflexionar. Luego, como si cediera:

—Haced lo que os parezca conveniente, Madame Beauvais.

XXXIV

En casa de Madeleine de Scudéry las risas no tardaron en dejar
paso a la estupefacción. Pues resulta que hasta el mismísimo
Monsieur Pellisson había oído decir que Catherine visitaba regularmente al rey en mitad de la noche.

—¡Nooo! —dijo Monsieur Nanteuil con desdén.

—Veamos, veamos... —dijo Monsieur Chapelain—. Tiene
que haber una explicación...

—Sin duda. Pero ¿cuál?

—Tal vez vaya a ponerle lavativas —tanteó Monsieur de
Pomponne.

—Para eso ya tiene a Vallot.

—¿Y si fuera una espía? —sugirió Monsieur Pellisson.

—Me extrañaría mucho que el cardenal Mazarino le confíe
algún tipo de secreto —dijo Monsieur Isarn.

—Y además, en cuanto a discreción, es mejorable. —Monsieur Nanteuil se partía de risa—. Un elefante detrás del tron-
co de un árbol tendría más posibilidades.

Se produjo un silencio.

—A menos que... —continuó Monsieur Nanteuil, que se había vuelto a poner serio—. A menos que ella vaya a darle placer...

Todos se volvieron hacia él. Esa idea era tan descabellada,
tan lamentable, tan desagradable, que se alarmaron de que
hubiera podido tenerla.

—¡No habléis por hablar, Nanteuil! —Gesticuló Monsieur Conrart—. ¿Haríais vos el amor con semejante cosa?

—Yo no, pero yo no soy el rey. Quizá él ve en esa mujer algo que se nos escapa.

—Es grotesco —se estremeció Monsieur Isarn, quien no podía dejar de imaginar escenas.

—¡Explicadme entonces qué es lo que va a hacer allí!

—Hay mil razones posibles...

—Dadme tan solo una.

—Pues... no sé. Tal vez el rey haya descubierto una repentina pasión por la anatomía de los monstruos.

—Es ridículo.

—Vos sí que sois ridículo insinuando esos revolcones.

—Vamos, vamos, amigos —trató de interponerse Mademoiselle de Scudéry, inquieta por el giro que estaba adquiriendo la conversación.

Pero nadie la escuchó.

—Si no fuerais tan enclenque, os haría entrar en razón en el patio de honor, Monsieur Conrart.

—Si no fuerais tan estúpido, sería un gran placer encontraros allí, Monsieur Nanteuil.

—No hablaré más con vos, señor.

—Me parece bien. No tengo nada que deciros.

Se oyó un portazo. Las voces coléricas de unos y otros resonaron en el corredor y Mademoiselle de Scudéry, hecha un mar de lágrimas, se dejó caer sobre su banqueta, maldiciendo a aquella horrible Catherine por haber transformado su bonito salón literario en una sala de pugilato.

Una noche que Catherine miraba con la lupa el líquido amarillento que el rey acababa de producir, este le preguntó:

—¿No os da asco, a veces, el tipo de trabajo que hacéis, Madame Beauvais?

—¿Darme asco? No.

—Pero ¿y todos esos humores, esos líquidos, esos excrementos...?

—Son parte integrante de nosotros mismos, Sire. Y además, aun a riesgo de incomodaros, prefiero, y de lejos, el olor de la mierda a los aromas complicados que fabrican los perfumistas.

—¿Cómo es eso?

—Lo que quiero decir, Sire, es que los humores, los excrementos, no mienten. Son como las plantas: nunca pretenderán ser otra cosa distinta de lo que son.

Hubo un momento de silencio.

—¿Creéis que pronto estaré curado, señora?

—Así lo espero, Sire. Con todo mi corazón.

Hubo un nuevo silencio. Luego, él prosiguió:

—Tengo que deciros algo, Madame Beauvais.

—Os escucho, Sire.

—No fue montando a caballo como contraje esta enfermedad.

Catherine sonrió.

—Albergaba mis dudas, Sire. Os agradezco la confianza que me mostráis al decirme eso. Pero si me lo permitís, solo me interesan las consecuencias de vuestro mal. Dejo al cuidado de otros el ocuparse de las causas.

XXXV

Todos los días, Catherine daba su informe a la reina y a Mazarino. Cada vez que lo hacía se guardaba bien de transmitirles su inquietud al comprobar que los efectos de su poción tardaban en hacerse sentir.

—Las cosas avanzan —le explicaba a Mazarino, intentando no dejar traslucir la profunda aversión que le inspiraba.

—Siempre decís eso. Respondedme. ¿Cuándo estará curado el rey?

Ella salía del apuro mediante alguna evasiva.

—Las plantas no tienen reloj, monseñor.

Al menos, el mal del rey no empeoraba. El flujo que le brotaba de la verga siempre era el mismo y los pocos accesos de fiebre que sufría eran moderados. No obstante, la curación tardaba y comenzaba a ser un serio motivo de preocupación.

Por descabellada, lastimosa y desagradable que hubiera sido la idea de Monsieur Nanteuil, y tal vez, precisamente, por haber sido tan descabellada, lamentable y desagradable, no dejaba de rondar por las cabezas. Y he aquí que, una noche, Monsieur Conrart se presentó en casa de Madeleine de Scudéry lívido como si acabara de cruzarse con el diablo.

—¡Ay, amigos! ¡Amigos míos! —Resopló, dejándose caer en una butaca—. Os debo unas disculpas.

—¿Vos? ¿Disculpas?

Entonces contó que, intrigado por la historia traída a colación por Monsieur Pellisson y Monsieur Nanteuil, y deseoso, lo reconocía, de «hacer que se tragaran sus tonterías», él se había informado, a través de un guardia destinado a la vigilancia de la habitación real, y con una pequeña gratificación de por medio, de la veracidad de tal rumor. El guardia no había hecho sino confirmárselo. También le había dicho que...

—¿Que qué? ¡Vamos, hablad!

—Pues bien... Oh, ya me perdonaréis algún día haber pensado que erais un imbécil, Monsieur Nanteuil... Pues bien... Me ha dicho que a veces se oyen gemidos al otro lado de la puerta.

Se hizo un silencio como no se había vivido otro igual desde la caída de Babel.

—¡Cielos! —murmuró por fin Monsieur Nanteuil, que aún no se creía haber atinado.

—¡Habrase visto! ¡Habrase visto! —farfulló largo rato Mademoiselle de Scudéry, con la mirada perdida en el vacío.

XXXVI

Por fin, al cabo de la decimotercera noche de tratamiento, el mal del rey pareció empezar a ceder. Ya la víspera los derrames habían mostrado ser menos abundantes. Y ahora habían cesado casi totalmente. Durante el día, el rey había tenido apenas un ligero dolor de cabeza. ¿Fiebre? No. ¿Dolores al orinar? Tampoco.

Quién era el responsable de aquella mejoría, la poción de Catherine, los sangrados y las purgas de agua de Forges, que Vallot había seguido administrando, o la naturaleza misma, era algo que habría sido imposible decir. Pero esto no tenía ninguna importancia: la infección parecía, si no vencida, al menos a punto de estarlo.

Catherine espero aún dos días antes de cantar victoria. Finalmente, cuando estuvo segura de que el mal estaba plenamente erradicado, se dirigió, acompañada de Vallot, a explicar a la reina y a Mazarino que, gracias a sus esfuerzos conjuntos, en adelante el rey podría dar a Francia todos los herederos que mereciera.

Al oírlo, la reina rompió a llorar. Se precipitó hacia Catherine y Vallot, abrazó a la primera, estrechó las manos del segundo y, volviéndose hacia Mazarino, le miró como diciendo: «¡Qué, veis cómo yo tenía razón!».

Y Catherine, observando de reojo la expresión del cardenal, se regocijó al adivinarle dividido entre el placer de saber que el rey estaba curado y la contrariedad de saber quién le había curado.

Tres días más tarde, el rey hizo llamar a Catherine a su gabinete de trabajo. La reina y Mazarino estaban allí, pero Vallot no.

—Habida cuenta de vuestros favores, de vuestra dedicación y de vuestro sentido del secreto —le dijo el rey tomándole las manos—, hemos decidido, Madame Beauvais, otorgaros el título de baronesa, así como una pensión de dos mil libras al año.

Catherine esperaba recibir una recompensa, pero esta era tan considerable que no pudo impedir sobresaltarse.

—¿Perdón?

—Todo eso no es nada en comparación con los servicios que habéis prestado a la Corona, Catherine —dijo la reina besándole ambas mejillas.

—Y que seguiréis prestándole —añadió el rey—: además de ocuparos de mi señora madre, os quiero en mi presencia cada mañana. Examinaréis mis deposiciones, y, de ahora en adelante, seréis vos quien me administraréis los enemas.

Mazarino permaneció en su rincón sin decir nada, con un ademán impasible.

—¿Y Monsieur Vallot? —preguntó Catherine.

—Ese apreciado hombre ya ha recibido nuestro agradecimiento. —El rey sonrió—. Le hemos ofrecido el título de superintendente del jardín real de plantas medicinales. Ya ha partido a tomar posesión de su nuevo cargo.

Esa misma tarde, el rumor de esta recompensa se expandió por doquier, incluso por la avenida de tejos a la que había la costumbre de ir a aliviarse. En casa de Madeleine de Scudéry, el ennoblecimiento venía a coronar la teoría de Monsieur Nanteuil, y las discusiones se inflamaron hasta bien entrada la noche.

—Estoy convencida de que esa bruja le ha dado a beber un filtro —se enfurecía Madame de Sévigné.

—Tal vez los apetitos del rey en materia de damas son, como diría, un poco particulares... —atemperaba Monsieur Pellisson, pálido como un cirio.

Mademoiselle de Scudéry, que poco a poco estaba llegando a la edad en que los hombres se muestran, con las mujeres, más corteses que galantes, se puso a soñar secretamente con el extraordinario brebaje que aquella diablesa habría puesto a punto.

XXXVII

Durante varias semanas, los habituales del salón de Mademoiselle de Scudéry, al menos aquellos que no creían en los filtros
de amor, comieron tan poco como durmieron. Siempre volvía
a surgir la misma pregunta, punzante, quemante, desesperan-
te: ¿qué es lo que el rey había podido ver en aquella horrible
buena mujer que ellos no habían visto?

Hasta que, una noche, Monsieur Conrart se presentó allí,
en la Rue de Beauce, llevando bajo el brazo un pequeño cuadro empaquetado. Después de desenvolver la tela e instalar-
la sobre el borde de la chimenea, todos se quedaron con la
boca abierta. Estaban ante un bosque de árboles gigantescos,
por en medio de los cuales serpenteaba un río como un cor-
del de plata. En primer plano, tendidos sobre la hierba, unas
mujeres y unos hombres vestidos con togas de oro y púrpura
departían junto a un templete en ruinas cubierto de hiedra.
En segundo plano, unas ciervas pacían bajo el follaje mientras unos pájaros multicolores volaban entre las ramas de los
árboles. Reinaba en aquel mundo una belleza y una paz tan
profundas que daban ganas de atravesar el lienzo para unirse
a él y compartirlo.

—Es magnífico —exclamó Monsieur Pellisson.

—Uno creería haber vuelto a los tiempos de antes de la Caída —dijo Monsieur de Pomponne—. ¿De quién es?

—De Claudio de Lorena. Le compré este cuadro hace unos años. Voy a proponeros un pequeño experimento.

—¡Un experimento! —exclamó Madame de Sévigné, batiendo palmas—. Adoro los experimentos.

—Contemplad durante un instante más la belleza de este paisaje. Admirad el equilibrio del conjunto, la justeza de las proporciones, la armonía de los colores... ¿Lo estáis haciendo?

—Lo estamos haciendo.

—Bien. Y ahora acercaos a la tela. Más cerca. Todavía un poco más. Ahí. Eso es. ¿Qué veis?

—¿Cómo que qué vemos?

—Sí. Mirad bien. ¿Qué es lo que veis?

—...

—Os lo voy a decir. Ya no veis nada. Nada más que un caos de colores y de enérgicas pinceladas.

—En efecto...

—Imaginad ahora al pintor —continuó Conrart—. Vedlo inclinado sobre esta tela en la soledad de su taller. Hace tres días que no duerme, no come, no va al retrete. Duda, busca, hace muecas, añade un toque de blanco, de rosa, de rojo, lo borra todo, vuelve a empezar, se desespera por poder lograr algún día su obra maestra...

—El pobre...

—Cómo le comprendo. —Suspiró Monsieur Nanteuil.

—Y, ahora, imaginemos que tenéis el poder de entrar en esa tela. Aproximaos a esa gente, aguzad el oído y escuchad lo que dicen. ¿De qué hablan?

—Pues... —dijo Madame de Sévigné, complacida con el juego—. No sé... De la belleza del día...

—Hum... Tal vez, tal vez. —Sonrió Monsieur Conrart—. Pero quizá hablan también de la guerra que ha dejado en ruinas el templo, o de enfermedades, o de la muerte de un niño...

—Es verdad...

—Y si os tumbáis en la hierba, boca abajo, ¿no corréis el riesgo de descubrir todo un mundo de insectos terroríficos, con sus mandíbulas, sus antenas, sus cuernos, sus colmillos...?

—¿Nos diréis por fin adónde queréis llegar, Conrart? —se impacientó Monsieur Pellisson.

Monsieur Conrart se volvió hacia él. Sus ojos brillaban.

—Lo que quiero deciros, querido, es que si en una cosa solamente vemos belleza, es porque quizá no nos hemos inclinado hacia ella lo suficiente...

—¿Y entonces?

—Y entonces —le respondió Monsieur Conrart—, ¿lo que vale para una cosa bella no vale, a la inversa, para una cosa fea?

XXXVIII

Mientras que Monsieur Nanteuil, a partir de entonces, se apresuraba a observar los paseos cotidianos de la familia real para intentar descubrir dónde se alojaba la belleza de Catherine, los otros miembros del clan de Mademoiselle de Scudéry examinaban meticulosamente libros y más libros con la esperanza de descubrir algo concerniente a las virtudes secretas de la fealdad.

Si bien Monsieur Nanteuil volvía cada día de vacío, sus amigos, por su parte, iban de descubrimiento en descubrimiento.

—Escuchad lo que he encontrado en los *Ensayos* de Montaigne —exclamó Monsieur de Pomponne—: «Hasta la filosofía antigua ha dictaminado sobre la cuestión: dice que, como las piernas y los muslos de las cojas no reciben, debido a su defecto, la nutrición correspondiente, los genitales, que están encima, están más llenos, más nutridos, son más vigorosos. O bien que, como este defecto impide el ejercicio, quienes padecen esta tara malgastan menos sus fuerzas y llegan así más enteros a los juegos de Venus».[*]

Monsieur Chapelain, levantando el índice al cielo, leía en *La Ciudad de Dios*, de san Agustín: «Dios, creador de todas las co-

---

[*] Michel de Montaigne, *Ensayos*, libro III, cap. 11. Edición y traducción de J. Bayod Brau, Acantilado, Barcelona, 2007, p. 1543. (*N. del T.*)

sas, sabe dónde y cuándo una cosa debe ser creada, pues sabe mediante qué matices de semejanzas y de contrastes debe ordenar la belleza del conjunto».*

Monsieur Pellisson se acordaba de que Sócrates era muy feo. Monsieur Isarn recordaba que Aristóteles también lo era.

Y Mademoiselle de Scudéry se congratulaba de que la paz y la armonía reinaran de nuevo entre los miembros de su pequeña comunidad.

Una noche, Monsieur Nanteuil abrió con estrépito la puerta del salón.

—¡La encontré!

—¿Qué habéis encontrado?

—¡Su belleza!

—¿Cómo, su belleza?

—¡Deprisa, amigos! Vamos a hacer como con el cuadro de Monsieur Conrart. Cerrad los ojos. Cerrad los ojos e imaginad a Cateau. ¿La veis?

—La vemos.

—Bien. Tomaos el tiempo de admirar el extraordinario desequilibrio del conjunto, las extravagantes proporciones...

—Eso no es muy agradable... —Gesticuló Monsieur de Pomponne.

—Ahora, aproximaos a ella con el pensamiento. Más cerca... Más cerca aún... Ahí... Eso es. Y ahora, ¿qué veis?

—Un bulto con pelos...

—Una verruga...

—¡No, no, amigos! —Monsieur Nanteuil rio a carcajadas—. ¡Lo que veis es solamente belleza!

Todo el mundo abrió inmediatamente los ojos.

—¿Qué pretendéis contarnos?

* San Agustín, *La Ciudad de Dios*, libro XVI, cap. VIII. (*N. del T.*)

—¡Os burláis!

—¡En absoluto! Volved a cerrar los ojos. Observad su ojo izquierdo.

—¿Y bien?

—¿Acaso no está perfectamente diseñado?

—Pues sí...

—Y si os hundís en el blanco de su ojo muerto, ¿no tendríais la impresión de nadar en un gran lago de agua transparente?

—Ahora que lo decís... —reconoció Madame de Sévigné.

—A continuación, observad su oreja izquierda: admirad el perfecto equilibrio del conjunto, el contorno del lóbulo, la suave redondez de la hélice, la delicadeza del trago...

—¡Es cierto!

—Y las aletas de su nariz, ¿acaso no son magnífica y milagrosamente idénticas?

—Ah, sí...

—¿Y su voz? ¿No hay instantes en que tiene los tonos de un ruiseñor?

—Todo ello es tan evidente que me pregunto cómo es que no lo habíamos pensado antes —dijo Mademoiselle de Scudéry, abriendo los ojos de par en par.

—Cada parte es un todo, y el todo está en cada parte... —murmuró Monsieur Pellisson, conmocionado por aquella lección que le hacía revisar por completo su percepción del mundo.

—¿Cómo hemos podido estar tan ciegos? —balbució Monsieur Chapelain.

Desde entonces, el saloncito de Mademoiselle de Scudéry vivió en un éxtasis casi permanente. Pues, de Catherine, se pasó naturalmente a todas aquellas cosas que durante mucho tiempo se habían tomado por feas (un montón de estiércol, una caca, un mendigo, una casa derrumbada...); escondían tantas secretas bellezas, tantas armonías ocultas, que la cabeza daba vueltas a fuerza de observarlas. Así, desde el moco hasta los excrementos, desde la pulga hasta el pavo, desde las piedras hasta las estrellas, en pocas palabras, desde el alfa hasta el omega, el mundo que Dios había creado no era sino un ensamblado de bellezas formales que solamente no podían ver quienes no querían verlo.

Esto era lo que el rey les enseñaba a través de aquella mujer surgida de las letrinas.

XXXIX

Ahora, y cada vez más a menudo, Catherine se encontraba ante tímidas sonrisas, cuando no ante pequeños gestos amistosos. Naturalmente, no se dejaba engañar: sabía que esas señales de amistad no se dirigían a ella, sino a la que el rey había ennoblecido unas semanas antes y que, desde esa fecha, asistía a todos sus despertares.

Sobre todo, lo que le producía gran placer advertir en los ojos de la mayoría de la gente con la que se cruzaba tenía la forma de una pregunta para la que no tenían respuesta. Entonces ella se encogía de hombros y se alejaba haciendo zapatear sus botines de piel de marta recién estrenados. Ya no era Cateau; ya no era «la cosa» o «la tuerta». Ahora era la baronesa de Beauvais; era un misterio, un enigma.

De entre todas esas miradas, tan solo la de Mazarino no había cambiado. Cada vez que se lo encontraba en el recodo de un corredor o en una avenida del jardín, lo cual era raro, ya que el cardenal hacía todo lo posible por evitarla, ella seguía sin ver en él otra cosa que el odio y la repugnancia. Pero eso la dejaba indiferente. ¿Qué valía ya el asco que ella leía en sus ojos frente al que él le inspiraba? ¿Y qué podía él contra ella ahora, ella que era la protegida del rey y de la reina? Sus fruncimientos de cejas, sus labios apretados, el modo que tenía de fijar sus ojos en el de ella o de girar la cabeza cuando la veía aparecer, todas esas cosas que antes le daban tanto miedo, no eran ya para Catherine sino muecas ridículas y vanas.

Y, de manera especial, el personaje le impresionaba ya menos en cuanto que el hombre, aplastado por el peso de los años y de sus pesadas cargas políticas, había perdido buena parte de su soberbia. Caminaba cada día un poco más encorvado y arrastraba una pierna, afectada por una interminable crisis de gota.

Una noche en que se aprestaba a entrar en la habitación de la reina con su instrumental bajo el brazo, Catherine le oyó gruñir al otro lado de la puerta.

—Cuando pienso que vuestro hijo ha ennoblecido a esa... cosa...

—¿Habéis olvidado ya lo que ella ha hecho por él, señor?

—Tal vez... Aunque nada nos dice que hayan sido sus tratamientos los que efectivamente han curado a Su Majestad. ¿Por qué no haberse contentado con darle dinero?

—Salvo la del respeto, mi hijo el rey no tiene otras cuentas que rendiros, señor.

—Sin duda. Pero debido a ese título toda la Corte se hace preguntas. ¿Sabéis lo que llegan a pretender algunos? ¡Que el rey y ella han mantenido una relación! Es más: ¡que sois vos la que habéis favorecido ese acercamiento con el fin de verificar que vuestro hijo era apto para el matrimonio!

—Dejadles que digan, señor...

—¿Y las cortes de Europa? ¿Qué dirán cuando sepan que el rey de Francia ha aprendido a hacer el amor con un monstruo?

—¡Bah! En otro tiempo, todo el mundo sabía muy bien que

Luis XI quería mucho a su galgo *Mistadin*... Eso no le impidió casarse con la joven y bonita Margarita de Escocia.

—No lo encuentro gracioso, Majestad.

—Entonces no os preocupéis, señor. Ese rumor es tan grotesco que acabará extinguiéndose por sí solo.

—Me gustaría estar tan seguro como vos, señora.

Detrás de la puerta, Catherine se regocijaba: más aún que por saber que había imbéciles que le atribuían una relación con el rey, la cólera implícita de Mazarino la colmaba de satisfacción. Su alegría fue aún mayor cuando el cardenal, al abrir la puerta, de pronto se la encontró delante de él.

—¿Cuánto tiempo lleváis aquí?

—No lo sé... —respondió Catherine con una gran sonrisa—. Esperaba a que fuera mi hora...

XL

Al principio fueron solo un puñado de cortesanos los que osaron el acercamiento. Pero, como ella no les dispensó una mala acogida, pronto se presentaron otros, con una sonrisa contrita en los labios, y luego otros, cada vez más afables, más empalagosos, pero a los que siempre miraba desde arriba.

—Ah, Madame de Beauvais —le decía la condesa de Vaugirard, que, todavía no hacía mucho tiempo, hablaba de quemarla—, es absolutamente preciso que vengáis a cenar a mi casa. Tenéis que explicarme cómo fabricáis vuestros enemas.

—Sí —la encarecía su marido, el cual habría preferido que se la arrojase al Sena—. ¿Incluso tal vez nos haríais la gracia de administrarnos uno en esa ocasión?

—¿Querríais posar para mí? —le preguntaba con insistencia Monsieur Nanteuil.

—¿E iniciarme en la elaboración de alguna de vuestras pociones? —le decía Mademoiselle de Scudéry, guiñándole un ojo.

Si había un fenómeno que divertía aún más a Catherine, ese era el de ver a un número creciente de cortesanos, hombres o mujeres, probando a simular su fealdad al paso del rey. Se presentaban a los paseos matinales, este cojeando, aquel en corvado, hubo incluso quien lo hizo con un enorme lunar falso en la frente o con el ojo tapado con un paño de terciopelo negro, o rojo, o verde, o azul, pero siempre con la firma de Fabregue.

El tiempo pasó y esta moda —que los amigos de Madeleine de Scudéry encontraban ridícula— pasó también. Pero como Catherine seguía asistiendo a los despertares del rey y como el afecto de la reina hacia ella no menguaba, le siguieron dedicando sonrisas y buscando su presencia. Cuando se supo que la reina le había ofrecido ocupar la soberbia residencia de Diana que había quedado vacía tras la partida de Mademoiselle de Orléans, despertó una gran envidia. Pero desde que se supo, además, que recibía en ellos todos los jueves y que el mismo rey hacía a veces su aparición, se hizo lo posible y lo imposible para poder estar allí.

Todos los jueves, por tanto, mientras una orquestina interpretaba aires de Jean de Cambefort, Catherine, tendida en un sofá de plumas, escuchaba cómo sus invitados le contaban episodios de la Fronda mientras mordisqueaba galletas, deleitándose con el relato de la horrible temporada que habían vivido en el castillo de Saint-Germain-en-Laye durante el invierno de 1649, mientras mojaba sus labios en una copa de champán, o se estremecía con el día en el que las tropas de Condé habían asaltado el ayuntamiento y habían degollado a todo el mundo... Y lo que más la hacía disfrutar era que todos, sin excepción, la miraban al ojo cuando le hablaban.

Catherine creía haber alcanzado la cima de la felicidad. Pero quedaba un último grado en la escala de su fortuna. Una mañana que estaba buscando un libro en la biblioteca de Monsieur Vallot, un paje vestido de azul se presentó ante ella.

—Monseñor Mazarino me envía a deciros que os espera en su despacho.

Escrutó durante un instante al muchacho lleno de granos que tenía delante y que no se atrevía a mirarla a la cara.

Luego, volviendo a meter la nariz entre las estanterías:

—Decid a monseñor Mazarino que si desea hablarme venga a verme. No tengo tiempo para desplazarme.

El paje por fin la miró, pero con unos ojos como platos.

—Y bien, ¿qué ocurre? —dijo Catherine—. ¿A qué esperáis?

—Eh... Nada, señora. Ya voy, señora.

Un cuarto de hora más tarde, el paje volvió muy avergonzado.

—Monseñor se disculpa, pero...

—¿Se disculpa?

—Es el término que ha empleado. No puede venir. Él quisiera que tuvierais la amabilidad de ir a presentaros ante él.

—¿La amabilidad?

—Sí.

Catherine dudó. Esa súbita deferencia sonaba falsa.

Así es que, en parte con inquietud y en parte movida por la curiosidad, siguió los pasos del paje.

Esta vez el cardenal no la recibió de pie, sino recostado en su butaca, al lado de la chimenea apagada. Las cortinas estaban a medio correr. En medio de sus tesoros que a duras penas titilaban en la sombra, se hubiera dicho que pintaba allí menos que los perros en misa.

—Perdonadme por recibiros sentado —comenzó a decir con una voz sorda—. Pero hay circunstancias que a veces impiden actuar como uno quisiera.

Su tez tenía el color de la cera. Daba la impresión de estar sufriendo mucho.

—¿Qué queréis de mí? —preguntó con sequedad Catherine.

La mirada que le dirigió Mazarino dejó trasponer una inmensa fatiga.

—No es a la baronesa de Beauvais a la que he pedido venir, es a la boticaria.

Se levantó el bajo de su manto. Sus piernas estaban cubiertas por espesos vendajes.

—Padezco úlceras. Todos los médicos que he consultado han sido incapaces de curarme.

—¿Y?

—Bueno... —se interrumpió, como si le costara una enormidad pronunciar las palabras que iba a decir—. Vos, que tan bien cuidáis al rey y a la reina... Me preguntaba si, entre todas vuestras medicinas...

Ante la cara estupefacta de Catherine, el cardenal resopló:

—No pido que me queráis, Madame Beauvais...

Catherine se arrodilló. Deshizo con delicadeza los vendajes, que dejaron escapar un olor pestilente. Las piernas, raquíticas, estaban embadurnadas con una suerte de emplasto marrón.

—Pero ¿con qué se os cura?

—Con estiércol de caballo.

Catherine tuvo que morderse la lengua para no reírse a carcajadas. Se quedó un buen rato contemplando el extraño y regocijante espectáculo de aquellas piernas cubiertas de mierda. Pensaba en los remedios de los que en otro tiempo se había valido para curar las úlceras de Françoise: en la centaurea que pronto hubiera hecho calmar los dolores, en las flores frescas de bardana que favorecían la cicatrización, en la salicaria mezclada con vino tinto que completaría la curación.

—¿Podéis hacer algo por mí? —preguntó Mazarino.

Catherine alzó el ojo. Había tanto sufrimiento en la mirada de él, tanta inquietud, tanta soledad también, que la curadora estuvo a punto de ceder. Pero la garrapata que, desde hacía algunos años, dormitaba satisfecha en ella, se despertó de pronto. Se acordó de aquellas jornadas temiendo siempre ser despedida, de aquellos meses interminables en el convento de las Hijas de Dios, de aquellos días en los que pensó en morir; volvió a ver los ojos del rey en cuyo fondo se reflejaba a veces la sombra de un recuerdo espantoso. Se puso en pie, observó el rostro de Mazarino vencido por la edad y el dolor, y, con una mueca que quería parecer una sonrisa, dijo:

—No conozco mejor remedio que el que se os administra, monseñor.

El viajero, de vuelta al Louvre, al ver salir a Catherine del despacho de Mazarino con su vestido de satén azul y el cuello ataviado con un magnífico collar de perlas habría dicho:

—Pero ¿no es esa Cateau, la tuerta, la lavandera del trasero de la reina?

Y una marquesa, tras él, habría murmurado:

—Claro que sí, señor, es... o al menos... era ella.

—¿Cómo que era?

Esta vez el viajero podría haber sabido más, pues la marquesa le habría mirado de arriba abajo y, al descubrir el encanto de su mirada tras su rostro cubierto de polvo, le habría propuesto (era jueves) que la acompañara esa misma noche a casa de Catherine.

—Ya veréis: el espectáculo merece la pena.

Y he aquí cómo el viajero, siguiendo a la marquesa, se habría encontrado, al término de una sucesión de habitaciones repletas de estatuas de mármol, de libros raros y de cuadros de maestros, con una pequeña aglomeración de hombres y de mujeres reunida en torno a Catherine, tendida en su sofá de plumas.

Allí, en medio del guirigay y de las notas musicales, Monsieur Conrart habría venido a decirle que aquella era la mujer más espiritual del mundo; Paul Pellisson, aproximándose con una copa de champán, le habría explicado cómo la belleza se oculta tras la máscara de la fealdad; Monsieur Isarn le habría declamado el poemita que acababa de escribir y que había titulado «Horror sublime»; Monsieur Nanteuil le habría dicho, con aire cómplice: «¿Habéis visto lo bella que es su mano derecha?»; y Mademoiselle de Scudéry, al venir a contarle toda la historia de Catherine, habría aprovechado para deslizar en su vaso, a escondidas, unas gotas de un misterioso brebaje que, lamentablemente para ella, quedaría sin efecto.

El viajero habría guardado durante largo tiempo un estupefacto recuerdo de esa velada. A la mañana siguiente, al atravesar las calles de París en su camino de regreso, con los oídos aún colmados por los discursos y los poemas de los amigos de Mademoiselle de Scudéry, se habría quedado atónito al descubrir belleza allí donde, a su llegada, no había visto más que fealdad; bordeando las orillas del Sena se habría maravillado con las irisaciones del sol sobre el vientre verduzco y reluciente de un cadáver; en la Place du Châtelet habría admirado cómo las puntiagudas torres de la prisión armonizaban perfectamente con la forma de las lanzas de sus guardias; al remontar la Rue Saint-Denis, habría descubierto unas almas detrás de los rostros maquillados de las prostitutas. Y si, una vez llegado a su casa, su mujer y sus hijos le hubieran preguntado si había vuelto a ver a la horrible criatura con la que se había encontrado la última vez que fue al Louvre, entonces le habrían visto perderse en una larga y profunda fantasía, de la que no habría salido sino para hablarles de la relatividad de lo feo y de la mentira de las apariencias.

AGRADECIMIENTOS

Gracias a Alain Timsit, quien siempre ha creído en mis Monstruos y a todo el equipo de Éditions Julliard, quienes los han acogido con tanto entusiasmo.

F. R.

Esta edición de *Monstruos,* de Frédéric Richaud,
se terminó de imprimir en Grafica Veneta S.p.A. de Trebaseleghe (PD)
de Italia en enero de 2024. Para la composición del texto
se ha utilizado la tipografía Celeste diseñada por Chris Burke
en 1994 para la fundición FontFont.

Duomo ediciones es una empresa comprometida
con el medio ambiente. El papel utilizado para
la impresión de este libro procede de bosques
gestionados sosteniblemente.

Este libro está impreso con el sol. La energía
que ha hecho posible su impresión procede
exclusivamente de paneles solares. Grafica
Veneta es la primera imprenta en el
mundo que no utiliza carbón.

LA FASCINANTE HISTORIA DEL HOMBRE
QUE CREÓ LOS JARDINES DE VERSALLES

«Un canto de amor a la naturaleza.»
La République